MARAVILLOSAS

hist

PARA A

dormir

1

Título original: *Les merveilleuses histoires du soir*

© de la traducción: Mónica Rubio
© de esta edición: Roca Editorial de libros S. L.
© Fleurus, París, 2010
Primera edición: mayo de 2014

Av. Marquès de l'Argentera, 17, Pral.
08003 Barcelona
www.piruetaeditorial.com

ISBN: 978-84-15235-71-2
Depósito legal: B-6874-2014

Impreso por Egedsa

¡Escoge la historia que te apetece

	Cuentos de aventuras	Historias del mundo entero	Historias fantásticas	Historias para dormir
Princesas y caballeros	• La Bella y los Apestosos (p.12)	• El príncipe de los pájaros (p.8) • La princesa Pi-Elsu-Ave (p.26) • La tortuga y el príncipe (p.38)	• Zoe y el espejo mágico (p.20) • El país de la Grisalla (p.35)	• La princesita que no soñaba (p.29) • ¡Descuélgame la luna! (p.40)
Piratas		• El pequeño pirata esquimal (p.131)		• El pirata y el Vendedor de Arena (p.128)
Animales	• Tras el rastro de Gurik (p.148) • A la luz de la luna (p.157) • ¡Sálvese el cangrejo que pueda! (p.160)	• La estrella de la sabana (p.143) • Otto, el pequeño ornitorrinco (p.151)	• Un supermurciélago (p.154)	
Vaqueros e indios		• Dos indios en el fin del mundo (p.74)		• Claro de Luna y el viejo Joe (p.76)
Hadas y magos	• El concurso de las haditas (p.46)			• El hada perezosa (p.44) • Pícolo y la ronda de las hadas (p.48)

¡A leer!

Historias para pasar miedo	Historias de fiestas	Historias para soñar	Leyendas e historias mágicas
• Juana y el príncipe mentiroso (p.23)	• Miss Princesa 1762 (p.14) • Baile de disfraces en el castillo (p.32)		• Leo, el caballero sin miedo (p.17) • El reino de los Chiflados (p.42)
• El buscador de tesoros (p. 120) • ¡Al abordaje! (p.133)	• Fuegos artificiales para un cumpleaños (p.125)	• Pato, el hijo del pirata (p.122)	• El pirata fantasma (p.118)
• Noche de pánico (p.146)	• El rey del gallinero (p.135) • El pastel de los cuatro amigos (p.141)		• Las termitas viajeras (p.138)
			• Mensajes en el cielo (p.79)

	Cuentos de aventuras	Historias del mundo entero	Historias fantásticas	Historias para dormir
Brujas y brujos		• La rana en gelatina (p.70)		• Las pesadillas de Cornelia (p.72)
Criaturas fantásticas	• La hazaña del zapatero (p.86)	• Recetas de duende (p.94)	• El soplido de Dragea (p.83) • El bosque del revés (p.92)	
Niños y escolares	• Bajo los cascos del caballo (p.178)	• La clase voladora (p.168)	• El castigo infernal (p.184)	• ¡Buenas noches niños! (p.180)
Bandidos		• El bandido torpe (p.112) • Las desgracias de Conor O'Conor (p.116)	• El bandido que se convirtió en flor de cactus (p.109)	
Artistas	• El pequeño bandido y el pintor (p.55)	• El mariachi de mil destellos (p.57)		• ¡Real como la vida misma! (p.50)
Fantasmas			• Monstruos contra fantasmas (p.104)	• Arsenio y el fantasma congelado (p.106)

Historias para pasar miedo	Historias de fiestas	Historias para soñar	Leyendas e historias mágicas
• El entrenamiento antibrujas (p.63) • La panadera de los cabellos violeta (p.66)	• La Navidad de la bruja (p.60)		
• El tren fantasma (p.88) • Brumas y embrollos (p.97)			• El edredón, el dragón y compañía (p.100) • Una alergia de ogro (p.102)
• ¡Menuda maestra! (p.176)	• El cumpleaños de Nolan (p.182)	• Un regalo para Maya (p.170)	• La rebelión del bolígrafo (p.173)
• Bill *el Terrible* contra Joe *el Peor* (p.114)			
	• El regalo de Noemí (p.52)		

El príncipe
de los pájaros

Hace mucho tiempo, en una provincia de China, reinaba un señor que tenía cuatro hijos. El primero sabía montar a caballo como nadie. El segundo manejaba el sable de maravilla. El tercero era el mejor arquero del reino. Los tres intrépidos guerreros eran el orgullo de su padre.

Pero su cuarto hijo le causaba muchas preocupaciones:

Kui-Chi no sabía ni montar a caballo, ni manejar el sable, ni tirar con el arco.

No tenía más que una pasión: los pájaros.

Se pasaba la vida observándolos y sabía imitar todos sus cantos, desde el piar del gorrión al zureo de la tórtola, del canto del ruiseñor al agudo grito del águila.

Un día, una terrible noticia se abatió sobre el reino: Perla Azul, la preciosa hija del emperador, había sido raptada por un dragón alado. Estaba encerrada en lo alto de una inmensa torre, en la cumbre de la más alta montaña del país. De inmediato, todos los príncipes de China saltaron sobre sus caballos para acudir a salvarla.

Kui-Chi también emprendió el camino… ¡pero a pie!

A menudo se detenía para compartir su almuerzo con las garcetas, para entablillarle la pata a una garza real herida o para volver a colocar a un pollo en su nido.

Tardó meses en llegar a la montaña y meses en subirla. Por el camino se cruzó con sus hermanos y con todos los príncipes que volvían, extenuados y desanimados. Finalmente, Kui-Chi llegó a la base de la torre. Su cima se perdía entre las nubes…

—Qué cansado me siento tras mi largo viaje —dijo en voz alta—.

¿Tendré fuerzas para escalar esa torre?

Apenas hubo pronunciado estas palabras cuando aparecieron docenas de pájaros, que agarraron de la ropa a Kui-Chi y lo llevaron en volandas hasta lo más alto de la torre. Allí lo soltaron… ¡ante las mismísimas narices del dragón!

—¡Gracias, amigos míos! —dijo Kui-Chi.

El dragón, sorprendido, lo miró.

—¿Hablas nuestra lengua?

—¡Por supuesto! Pero nunca he conocido a ningún ave de tu especie. ¿Quién eres?

—Soy el *Dragontus volantus* —suspiró el dragón—. Es una especie en vías de extinción. Y me siento tan solo en mi montaña que he raptado a la princesa.

—¡Bueno, amigo mío, pues estoy encantado de conocerte!

Al día siguiente, Kui-Chi se llevó a Perla Azul a lomos de su nuevo compañero. El emperador se quedó tan impresionado que le concedió de inmediato la mano de su hija. El padre de Kui-Chi estaba orgullosísimo.

En cuanto al *Dragontus volantus*, nunca más volvió a sentirse solo.

La Bella
y los Apestosos

★ Un día el rey llama a Osmond, el más elegante de los caballeros:

—Mi hija Blanca ha sido secuestrada por los Apestosos, unos bandidos que no se lavan nunca. Si la salvas, podrás casarte con ella. Mi fiel paje Beltrán te acompañará.

Osmond reflexiona:

«¿Los Apestosos? ¡Puaj! Pero el más guapo de los caballeros necesita a la más bella de las princesas…»

—¡Señor, la salvaré! —responde al rey.

Los dos caballeros parten enseguida. Guiados por el olor, siguen fácilmente el rastro de los bandidos. Sin embargo, tienen que detenerse a menudo:

—¡ Vuelve a peinarme !

—ordena Osmond—. Y límpiame la capa, que está llena de barro.

—El tiempo apremia, señor —protesta Beltrán.

—¡Cállate, imbécil! ¿Quieres acaso que la princesa me vea sucio y descuidado?

Finalmente, llegan a una fortaleza rodeada de basuras y de agua verdosa. De ella se desprende un olor terrible a huevos podridos.

—¡De ninguna manera me voy a manchar! —grita Osmond, con un pañuelo sobre la nariz—. Ve tú —ordena a Beltrán—. ¡Y tráeme a la princesa!

El paje salta al agua, nada hasta la muralla y la escala en un pispás.

Deja inconscientes a dos bandidos y luego, con su espada, amenaza a los otros que huyen, abandonando a la princesa desmayada. Beltrán la coge en brazos y la deja al lado de Osmond.

El caballero, vestido de satén y perfumado con violetas, espera a que la Bella despierte. Ella abre los ojos, muerta de admiración.

—¡Qué valiente sois! ¡Qué guapo y qué… limpio!

Después, al sentir el olor del paje, se vuelve hacia él.

El caballero grita enseguida:

—¡Desaparece, villano, que apestas!

Pero Blanca lo comprende todo:

—Quédate —dice—, pues si hueles tan mal, es porque eres tú el que me ha salvado.

Deshonrado por su engaño, Osmond huye. Y Beltrán lleva de vuelta a la princesa, que lo estrecha con fuerza contra sí, a pesar de su mal olor.

El rey los recibe:

—Te entrego a mi hija en matrimonio —le dice a Beltrán—. Pero con una condición…

—¿Cuál, señor?

—¡Que te des un baño!

Miss Princesa 1762

En el pequeño reino de Landaronda se iba a celebrar la elección de Miss Princesa 1762. Como todos los años, acudían princesas del mundo entero con la esperanza de llevarse la corona.

La selección de Dama Ginebra, que dirigía la elección, era muy rígida. Una princesa un poco gordita, demasiado bajita o bien jorobada no tenía ninguna posibilidad de ser escogida. Pero para Dama Ginebra no solo contaba el físico. Buscaba a las princesas más delicadas, las que sabían comportarse correctamente en la mesa y que podían cruzar un charco sobre un pañuelo sin mojarse el vestido.

¡En resumen, princesas dignas de tal nombre!

El día de la ceremonia, Dama Ginebra recibió a las afortunadas que habían sido seleccionadas. Las princesas eran altas, bellas, bien educadas e inteligentes. Solo había una excepción. Güendolina era muy guapa, muy inteligente, de trato exquisito, dotada para la música… pero era bajita, muy, muy bajita.

Al verla, Dama Ginebra torció la nariz.

Si de ella hubiera dependido, a Güendolina nunca la habrían admitido en el concurso. Pero la pequeña princesa era hija del rey de Landaronda, y por eso pudo ser seleccionada. Así pues, la fiesta de Miss Princesa 1762 empezó. Las jóvenes desfilaron con suntuosos vestidos. Recitaron poemas, tocaron el arpa y bailaron un minué. Güendolina se desenvolvía muy bien a pesar de su corta estatura. Sin embargo, sabía que eso no bastaría y que se iba a marchar sin la corona.

Efectivamente, cuando Dama Ginebra anunció los resultados, proclamó:

—¡Constanza, princesa de Saboya, es Miss Princesa 1762!

Al oír su nombre, Constanza se sintió mal. Güendolina, que estaba a su lado, la sujetó y la ayudó a avanzar. Pero cuando Dama Ginebra colocó la corona sobre la cabeza de Constanza, la emoción fue demasiado grande. La princesa de Saboya se desmayó de repente. La corona se tambaleó, cayó y aterrizó sobre la cabeza de Güendolina.

Por supuesto, Güendolina no llevó la corona de Miss Princesa 1762 más que unos minutos. Pero los pintores llegados para inmortalizar la ocasión se equivocaron. Y todos los cuadros que reflejan el acontecimiento representan a Güendolina con la corona de Miss Princesa 1762. ¡Constanza se enfadó muchísimo!

Leo, el caballero sin miedo

De camino al torneo de Vaux, Leo caminaba cabizbajo por el bosque. Era un caballero muy desgraciado, pues tenía miedo de los caballos. Por eso, aquella mañana, viajaba a pie. Un agudo gemido lo distrajo de sus sombríos pensamientos.

—¡Oh, una ardilla atrapada en una trampa! —Visto y no visto, liberó al animalito. Pero este, en lugar de huir, se transformó en un fabuloso mago.

—¡Gracias por haberme sacado de ahí, caballero! ¿Cómo puedo agradecértelo?

Leo le contó su desgracia y concluyó:

—¡Mi padre se sentirá muy decepcionado si no gano!

El mago agitó su varita mágica y apareció un yelmo reluciente.

—Ponte ahora este casco y no te lo quites por nada del mundo.

17

El caballero obedeció y siguió su camino.

Al llegar a la ciudad, hacía calor y Leo tuvo ganas de quitarse el yelmo. Pero recordó las palabras del mago y se lo dejó puesto.

Cuando llegó a los establos, un mozo le mostró el caballo que había escogido su padre.

Leo, que esperaba encontrar un fogoso corcel, descubrió un pequeño poni muy bonito.

—Qué lindo —pensó encantado.

Aunque un poco sorprendido por la elección, se alegró, pues el miedo lo había abandonado. Pero pronto volvió a aparecer cuando conoció el nombre de su adversario: ¡el Barón Negro hacía temblar a los más valientes! Pero era demasiado tarde para retroceder: había llegado la hora de entrar en combate.

Muy tembloroso, alzó la vista

y vio ante sí a un tipo delgaducho montado sobre un asno viejo reviejo.

—¡Caramba! —pensó Leo—. No es nada impresionante. ¡Tengo alguna posibilidad de vencerlo!

Y muy animado, lanzó su montura al galope. El barón hizo lo mismo. Cuando se encontraron, el choque produjo un ruido terrible… pero Leo fue el único que permaneció sobre el caballo. Se oyeron hurras por todas partes. Cuando Leo se volvió, vio a su adversario en el suelo.

—Pobre —pensó—. Espero no haberle hecho daño.

Sudando, se quitó finalmente el casco para ayudarlo a levantarse. Vio entonces que montaba a un corcel nervioso y que el «delgaducho» tirado en el suelo era en realidad ¡un gigante! Se quedó helado. Volvió a ponerse el casco y todo fue de nuevo como antes.

—¡Ya lo entiendo! —gritó—.
¡Es un yelmo mágico!

A partir de ese día, Leo se convirtió en un temible caballero que ganó numerosos torneos.

Zoe y el espejo
mágico

H ace mucho tiempo, vivía una hermosa princesa que se llamaba Zoe. Pero tenía muy mal carácter. Por ello, los habitantes de su reino no la querían mucho, lo que la hacía ser aún más insoportable.

Un día, un viajero que estaba visitando al rey, su padre, le regaló un espejo. Ella lo colocó en su habitación y, al llegar la noche, se sentó delante de él. Estupefacta, descubrió que en lugar de su bello rostro, se veía una cabeza muy fea que refunfuñaba:

—¡ Ñañañá ! —gruñía el espejo—.

Zoe, mira qué cara pones. ¿Quieres seguir así, sí o no? Si es que no, ven mañana a sentarte aquí otra vez.

—¿Seguir así? —se dijo Zoe—. ¡De ninguna manera! Es verdad que a menudo estoy de mal talante, ¡pero la niña que veo ahí no soy yo !

A la noche siguiente, Zoe volvió delante del espejo. En el cristal, había una boca torcida. De nuevo el espejo se puso a hablar:

—¡ Demontres !

De esa boca deformada salen sapos y culebras, palabras venenosas, palabras como balas de cañón y… también algunas mentiras, cuando le conviene.

Zoe, quieres seguir así, ¿sí o no?

Si es que no, ven mañana a sentarte aquí otra vez.

Zoe no se quería parecer al espejo. Volvió, y he aquí lo que sucedió los días siguientes.

La tercera noche, el espejo le mostró unos ojos relampagueantes.

La cuarta noche, dos piernas gordas y perezosas que se aburrían y no querían moverse. La noche siguiente, Zoe vio dos manos que lo cogían todo y lo rompían con rabia. La sexta noche, su reflejo asustado se retorcía en todos los sentidos.

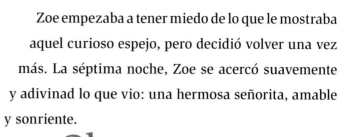

Zoe empezaba a tener miedo de lo que le mostraba aquel curioso espejo, pero decidió volver una vez más. La séptima noche, Zoe se acercó suavemente y adivinad lo que vio: una hermosa señorita, amable y sonriente.

—¡Oh, qué gusto da verse así!

—exclamó.

Aquella noche, el espejo estaba mudo. Zoe lo cogió entre sus manos y vio un mensaje escrito por detrás:

«Te he mostrado que das a los demás una imagen de ti muy desagradable. Pero a cada instante, puedes elegir si seguir así o no. Ven de nuevo a verme cuando quieras. Tu amigo, el espejo mágico».

A partir de ese día, Zoe guardó cuidadosamente a su nuevo compañero. Y gracias a él, se convirtió en la persona más querida del reino.

Juana
y el príncipe mentiroso

La princesa Juana espera impaciente a su novio, el príncipe Gabriel, hijo del rey vecino. Su matrimonio debe asegurar la paz entre los dos reinos. Mientras, contempla sin cesar el retrato de Gabriel:

¡qué guapo es!

Y sus cartas están llenas de poesía y de dulzura. Hasta le ha regalado un precioso lebrel que no la deja un instante.

Finalmente, se anuncia la llegada del príncipe… Asomada a la ventana de la torre, a Juana se le alegra el corazón.

Pero, de pronto, se estremece: el hombre que entra en el patio, vestido de negro, está rodeado de temibles soldados y de perros feroces. Su voz es dura y su mirada maligna.

El temor reina entre la muchedumbre que ha venido a recibirlo. Hasta el lebrel parece asustado por su amo.

—Se parece al retrato, pero sus modales son brutales y sus ojos, crueles —solloza la princesa ante su padre—.

¡No me quiero casar con él!

—Es demasiado tarde —se lamenta el rey—. ¡Si nos negamos, habrá guerra!

Entonces la princesa trata de ganar tiempo:

—Tengo que acabar de bordar mi velo —le dice a Gabriel, que quiere acelerar la boda.

Las cóleras del príncipe son terribles: por una torpeza o un plato demasiado hecho, manda a la cárcel a sirvientes y a cocineros. Algunos son arrojados al foso. El castillo vive atemorizado.

Un día, Juana oye que Gabriel promete a sus hombres:

—Cuando me case, expulsaré al viejo rey, organizaré un ejército e invadiré a los reinos vecinos para formar un imperio.

¿Qué hacer?

Aunque la princesa advierte a su padre, él no quiere saber nada.

Y desgraciadamente, llega el día de la boda...

Desesperada, Juana avanza hacia su futuro marido cuando, de pronto, se alza una voz:

—¡Yo soy el verdadero príncipe Gabriel —grita un joven vestido como un mendigo—. Ese es mi hermano pequeño, Roberto *el Traidor*, expulsado por mi padre por traición. Me ha tendido una emboscada en el bosque, me ha robado la ropa y el caballo para venir a casarse con la princesa Juana en mi lugar. He vagado mucho tiempo por el bosque a pie y vestido de andrajos, ¡y aquí estoy!

—¡Mentira!

—chilla Roberto, desenvainando la espada.

El rey duda. La muchedumbre calla.

El lebrel da un salto hacia el recién llegado y le lame la cara soltando ladridos de alegría.

—¡Es él!
¡Su perro lo ha reconocido!
—grita la princesa.

Cuando las campanas se echan al vuelo por la boda de la princesa Juana y el verdadero Gabriel, Roberto *el Traidor* se halla ya lejos...

La princesa
Pi-Elsu-Ave

En un lejano reino de China vivía una princesa muy desgraciada. Pi-Elsu-Ave era muy bonita, pero no salía nunca del palacio porque no quería que la viera nadie. Tenía la piel tan sensible que no soportaba el contacto con la tela. Sus costureras le hacían unos vestidos en forma de campana que, la verdad, no es que fueran muy bonitos.

—**¡Menuda pinta tengo!** —se lamentaba la princesa—. ¡Hasta los elefantes de mi padre tienen más gracia!

Zan-Ahor-Ia, el jardinero del castillo, era una de las pocas personas que la había visto. Todas las noches la veía pasearse, con cara triste, entre los jazmines. Estaba enamorado, pero sabía que nunca se podría casar con ella.

Un día, mientras cortaba rosas, oyó por la ventana abierta que el rey decía a su hija:

—El príncipe Bum-Chi-Pum me ha pedido tu mano. Voy a decirle que sí, pues estás en edad de casarte.

El corazón de Zan-Ahor-Ia se encogió, pero la princesa respondió:

—¿Casarme?

¿Con un vestido que me hace parecer una ballena?

¡Jamás! Me casaré con aquel que me regale un vestido de boda que pueda llevar sin vergüenza.

El rey, que no quería que su hija fuera desgraciada, respondió:

—¡Que así sea!

Muy pronto todos los príncipes enviaron vestidos a cuál más lujoso.

Pero la princesa no soportaba ninguno. Zan-Ahor-Ia se alegraba, pero él tampoco encontraba solución alguna al problema.

Un día, mientras podaba las ramas de un bonito árbol llamado morera, descubrió un capullo blanco. Cuando lo cogió con la mano, se sorprendió ante su extraordinaria suavidad.

—¡Ah, si pudiera hacerse un vestido para la princesa con él, estoy seguro de que no le molestaría!

Decidió llevarle enseguida el capullo a su madre, que era costurera de palacio. Cuando ella tocó el capullo, sus ojos se iluminaron y dijo:

—¡ Rápido, ve a buscar más!

Un mes más tarde, Pi-Elsu-Ave se ponía el vestido que le había regalado Zan-Ahor-Ia. Maravillada, gritó:

—¡Es tan suave que no me irrita!

¡ es fantástico !

El rey, feliz al ver a su hija tan radiante, organizó la boda enseguida. Cuando vio a su futuro esposo, Pi-Elsu-Ave se ruborizó:

—¡ Le conozco ! Hace mucho que lo observo desde mi ventana…

¡Y así fue como el primer vestido de seda permitió a un jardinero casarse con una princesa!

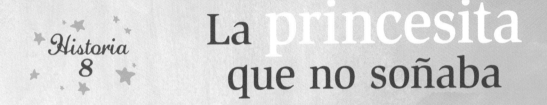

La princesita que no soñaba

La princesita Aurora es desgraciada: no sabe soñar. Cada noche, antes de apagar la luz, su padre el rey le murmura:

—¡Que tengas dulces sueños, princesa mía!

Pero ella no tiene sueños nunca…

Al ver a su hija tan entristecida, el rey decide reunir a los consejeros más eminentes del reino para buscar una solución.

El profesor Átomo, el gran físico, explica que a veces se sueña por la noche pero por la mañana no se recuerda nada.

¿Será que la princesa sueña pero nunca lo recuerda?

Para comprobarlo, coloca electrodos en la cabeza de Aurora antes de que se duerma.

Pero la princesa tiene razón. Durante la noche, su cerebro no tiene ninguna actividad. No sabe soñar.

El mercader Moneda, el célebre comerciante, propone recorrer todo el reino. ¡Seguro que encuentra sueños a la venta! Pero después de haber pasado por miles de mercados, tiene que rendirse a la evidencia:

los sueños no se compran.

El caballero Espadón, el valiente guerrero, sugiere que viaje para aprender a soñar. Parte con Aurora y le hace descubrir todos los rincones del país. Aurora vuelve agotada, pero sigue sin poder soñar.

El rey está desesperado. Sus consejeros no han encontrado nada.

Aurora no sabrá soñar jamás.

Entonces, el viejo bibliotecario del castillo pide una audiencia al rey: tiene una idea.

El soberano no tiene muchas ganas de recibirlo, porque no le gustan mucho los libros. Pero acaba por aceptar. Al fin y al cabo, nunca se sabe…

—La solución, majestad —le dice el anciano—, es que le lea un cuento a su hija todas las noches antes de acostarse.

—¡Pero los cuentos son inverosímiles y no tienen nada que ver con la realidad!

—Como los sueños,
    alteza,
        como los sueños…

—sonríe el viejo bibliotecario.

Al llegar la noche, el rey sigue a pesar de todo los consejos del anciano. A la hora de dormir, le lee un cuento a Aurora.

Al día siguiente por la mañana, cuando esta se despierta, se siente maravillosamente bien. Se ha pasado la noche soñando.

¡Con duendes,
    con magos,
con piratas
    y con hadas!

A partir de ese día, todas las noches, el rey lee un cuento nuevo a la princesa antes de apagar la luz. ¡Ya no hace falta que le desee que tenga dulces sueños, pues a partir de ahora, nada podría impedirle soñar!

Baile de disfraces
en el castillo

Una noche, el rey estaba recibiendo a sus invitados para un gran baile de disfraces. Las carrozas hacían cola en el patio iluminado. Maravillosas princesas descendían de ellas, escoltadas por príncipes ricamente disfrazados.

Atraído por la música, el bandido Garlabán merodeaba por los alrededores del castillo. De pronto, vio una puerta abierta: era la entrada de las cocinas.

—¡Qué bien huele por aquí!

—dijo. Y entró.

En la chimenea se asaba un buey entero, y sobre las mesas había preparadas muchas exquisiteces. ¡El bandido metió de inmediato la nariz y los dedos!

En ese momento llegaron unos sirvientes, pero creyeron que Garlabán era un príncipe disfrazado de bandido.

—¿Tendría usted la bondad de dejar un poco de comida para los demás invitados?

—le dijeron tímidamente.

Garlabán estalló en carcajadas. ¡Su error acababa de darle una idea!

Acudió enseguida al baile, donde la gente empezaba a bailar el vals. Sus parejas no desconfiaban de él, y exclamaban:

—¡Qué bien disfrazado está usted! ¡Parece un auténtico bandido!

—Siempre se me ha dado muy bien disfrazarme —respondía Garlabán.

Y mientras tanto, les quitaba sus joyas para metérselas en los bolsillos…

En mitad de la velada, una princesa se dio cuenta de que ya no llevaba nada alrededor del cuello.

—¡Mi collar! —gritó.

Las demás damas a las que había despojado se pusieron a gritar también, y los guardias entraron corriendo en la sala. Pero ¿cómo encontrar a un ladrón entre una multitud de máscaras? Registraron los bolsillos de todos los príncipes, salvo los de Garlabán. ¡Pensaron, evidentemente, que un auténtico bandido no iba a ir a la fiesta disfrazado de bandido!

Garlabán se confió y decidió que aún podía robar alguna joya más. Pero tenía los bolsillos llenos: necesitaba otro escondite.

—¡La funda! —se dijo.

Dejó su espada en un rincón para tener una funda vacía e invitó a bailar a una nueva princesa. En pleno baile, su pareja le preguntó:

—¿Cree usted que los guardias encontrarán a ese ladrón sinvergüenza?

—¡ Sin duda !

—respondió Garlabán muy concentrado, pues estaba quitándole el collar.

De pronto, la princesa oyó:

—¡ Gling, gling glong !

Una joya que cae en el fondo de una funda hace más ruido que la que cae en un bolsillo. ¡Garlabán no había pensado en ello! Así fue como desenmascararon al ladrón, que ni siquiera pudo defenderse, ya que no tenía a mano su espada.

El país de la Grisalla

El país de la Grisalla era un país terriblemente gris. Las casas, las flores y los habitantes eran gris antracita, gris perla, gris pizarra, gris ratón…

Sin embargo, en otros tiempos todo tenía tantos colores como en cualquier otro lugar del mundo. Pero un día, un monstruo se instaló allí en una caverna. Al día siguiente, el azul había desaparecido. A continuación el rojo, y el amarillo, el verde, el morado…

¡Pronto no quedó más que el gris!

El monstruo secuestraba los colores y los metía en su antro. Amenazaba con suprimir incluso el gris y así hacer desaparecer al país, si no devoraba una princesa todos los meses.

35

Cada mes se comía pues sin piedad a una pequeña princesa. Y cada mes, cuando el monstruo abría su caverna para atrapar a su nueva víctima, los colores escapaban un instante y el país de la Grisalla recuperaba su belleza.

Un día le tocó ser devorada a la princesa Rosa. El día anterior, el joven príncipe del que estaba enamorada se encerró en su estudio. Pasó allí toda la noche. Al amanecer, salió con una bonita muñeca de trapo que se parecía como una gota de agua a otra a la princesa Rosa. Pero la muñeca estaba rellena de veneno.

El valiente príncipe fue hasta la caverna y llamó a la roca que obstruía la entrada. El monstruo empujó la piedra mientras los colores se extendían por el país. El príncipe le tendió la muñeca que llevaba en brazos.

—Esta princesa está muy blanda —dijo el monstruo, con aire suspicaz.

—Se ha desmayado por el camino —le explicó el príncipe.

—Mejor —rio el monstruo—.

¡Al menos esta no gritará mientras me la como!

El monstruo levantó la muñeca hasta su gigantesca nariz.

—¿Qué es este olor tan raro en su ropa? —gruñó de nuevo.

—Sin duda es su perfume —respondió el príncipe, temblando.

Pero el monstruo ya no lo escuchaba. ¡Tenía hambre! Sin esperar más, entró en su caverna llevándose a la muñeca. La piedra rodó tras él y el país volvió a ser gris.

Unas horas más tarde, el príncipe movió la piedra de la entrada de la gruta y se arriesgó a echar un vistazo al interior. El monstruo yacía allí en el suelo, muerto.

Enseguida el príncipe abrió la caverna de par en par y los colores se repartieron riendo por el cielo, sobre las flores, las casas, en los cabellos y en los ojos de los habitantes.

¡El país de la Grisalla recuperó al fin sus colores!

La tortuga y el príncipe

Érase una vez una hermosa princesa que reinaba en una isla exótica. Por desgracia, un brujo decidió un día robarle su trono. La transformó en tortuga y le dijo:

—¡Solo el beso de un príncipe podrá devolverte tu apariencia humana!

Cuando la pobre princesa inclinó la cabeza sobre el agua para descubrir su nuevo reflejo, la corona se le cayó al mar. Llevada por las corrientes, la corona flotó durante mucho, mucho tiempo… Mucho más tarde, en Europa, un joven príncipe galopaba por una playa cuando vio en el agua un objeto que brillaba al sol.

—¡Una corona! Si la princesa que la ha perdido es tan bella como esta joya de oro fino, me gustaría casarme con ella.

Se embarcó en un navío y viajó por todo el mundo. Conoció a mil princesas, pero ninguna había perdido su corona… Llegó finalmente a la isla exótica y saludó a una tortuga que estaba en la orilla.

—Tienes un aspecto muy triste. ¿Qué te ha sucedido?

No hubo respuesta.

La tortuga estaba muda.

El príncipe suspiró.

—Yo también soy desgraciado. No encuentro a la princesa que ha perdido esta corona. ¿Sabrías tú por casualidad dónde vive?

Ante estas palabras, la tortuga asintió con la cabeza. El príncipe gritó:

—¡Llévame rápidamente hasta ella! Y lleno de alegría, besó a la tortuga.

Entonces, la princesa recuperó su forma humana y le contó su historia.

En cuanto acabó, el príncipe se precipitó en busca del brujo. Lo encontró cuando dormía la siesta en su hamaca real entre dos cocoteros. Su varita mágica se le había caído de las manos. El príncipe la recogió, la rompió en dos y sacudió al brujo por los hombros:

—¡En pie, perezoso! Ya no podrás volver a transformar princesas en tortugas. Pero yo te voy a convertir en colador como no desaparezcas de mi vista.

Y el príncipe blandió su espada. Aterrorizado, el brujo salió corriendo. La princesa se casó con el héroe que la había salvado y reinó junto a él en su isla maravillosa.

¡ Descuélgame la luna !

El caballero Arturo está enamorado de la princesa Tania.

—Princesa, ¿quieres casarte conmigo? —pregunta una noche el caballero.

Tania no tiene ojos más que para él, pero le responde:

—¡Arturo, descuélgame la luna y seré tuya!

—¡Para descolgar la luna, hay que subir a lo alto de una montaña! —declara Arturo. Y montado en Auror, su fiel caballo, se dirige hacia la cumbre de la Aguja Negra. Franquea ríos, salta desfiladeros, escala acantilados… Después de tres días y tres noches, llega a lo más alto. Pero la luna sigue estando muy lejos.

—Para descolgar la luna, tengo que ir volando sobre un ave —piensa Arturo. Y decide domesticar un águila que ha hecho su nido en un saledizo de roca. Después de tres días y tres noches, el ave accede a llevarlo. Arturo se agarra a su cuello y salen volando en la noche, cada vez más alto. Pero cuando llega la mañana, la luna sigue estando igual de lejos. Y el águila devuelve a Arturo junto a Auror.

—¡Para descolgar la luna, sin duda hay que tener superpoderes! —se lamenta Arturo emprendiendo lentamente el camino de vuelta.

Cuando llega la noche, Auror se detiene para beber en una charca. La luna se refleja en el agua y resplandece con mil destellos. Al ver aquello, el caballero galopa hacia el castillo con toda la rapidez que puede.

—¡Princesa! —dice al llegar al día siguiente—. ¡Me habéis pedido la luna, y la luna brillará esta noche en vuestro palacio!

Cuando cae la noche, Arturo ha acabado de instalar espejos frente a los grandes ventanales del salón de baile. La luna brilla en el cielo, se refleja en cada espejo e ilumina todo el salón.

La princesa Tania desciende por la escalera real vestida con un maravilloso traje de seda cuya larga cola plateada cubre los escalones.

—¡Arturo, eres el perfecto enamorado: esta noche te tomo por marido!

Y en el momento en que los amantes se dicen « SÍ », los invitados ven que la luna, en todo lo alto del cielo, les está guiñando dulcemente un ojo.

El reino de los Chiflados

En el reino de los Chiflados, los habitantes son un poco raros. El rey guarda al revés todos los objetos del palacio y el cocinero real no quiere ni acercarse a la comida que no sea de color verde. El guapo caballero Narcolio tiene, por su parte, un problema muy molesto: cada vez que siente una gran alegría, ¡se cae al suelo roncando! Para evitarle una mala caída, los súbditos del reino no le dan nunca buenas noticias. Cuando se lo encuentran, los guardias gruñen:

—Me parece que se acerca una invasión malintencionada...

Y a su paso, el pescadero grita:

—¡Mi pescado no está fresco!

Un día, cuando está de ronda, el caballero conoce a la princesa Paranó. Esta princesa siempre piensa lo peor y se prepara para que pasen cosas malas. El caballero se enamora tan profundamente de ella que se duerme al instante. Cuando, más tarde, ella le confiesa que también lo ama, él vuelve a derrumbarse roncando. Lo mismo ocurre cuando ella acepta su petición de mano...

La princesa se queda aterrada. Está segura de que el caballero no soportará las alegrías de la boda y que no permanecerá despierto el tiempo suficiente para pronunciar el «sí, quiero».

Discretamente, pues, llama a su madrina, el Hada Ni Una Ni Dos. El día de la boda, el hada transforma a la princesa en una vieja bruja, de nariz ganchuda y verrugas en la cara.

Cuando ve a su novia, el caballero se queda petrificado. ¿Por qué esa bruja horrible sustituye a la hermosa princesa?

Sus ganas de huir lo mantienen muy despierto,

y balbucea un «¿ Qui…? » tan desconcertado

que todo el mundo oye el esperado « SÍ ».

Una vez en el palacio, la princesa bebe una poción que le devuelve su aspecto y la sume en un profundo sueño. Loco de alegría, el caballero se duerme inmediatamente y los dos caen abrazados sobre un colchón esponjoso, soñando con los muchos niños chiflados que tendrán…

El hada perezosa

Luala es un hada pequeña y perezosa. Nunca se aprende las lecciones y pasa las tardes soñando delante de la televisión. No le parece nada interesante aprenderse de memoria las fórmulas mágicas para hacer volar, transformar o multiplicar los objetos. Eso no le serviría de nada, porque lo que le gusta es pasarse el día descansando.

Esa noche, los padres de Luala han salido a cenar a casa de unos amigos magos. Su madre le ha dejado un plato preparado que no tiene más que calentar. Pero Luala no sabe cómo hacerlo. Cree recordar la fórmula mágica que su madre utiliza para recalentar los platos en un abrir y cerrar de ojos. ¡Pero dice dos sílabas al revés y su cena se incendia!

Luala no tiene nada que comer.

Se instala en el salón para ver la televisión. Cuando la enciende, aparecen las imágenes completamente deformadas. La pequeña hada no sabe qué hacer. Cree recordar la fórmula mágica que utiliza su padre para arreglarlo todo en un abrir y cerrar de ojos. Pero cambia dos palabras y la pantalla se apaga definitivamente.

A Luala no le queda más que irse a la cama.

Sube a su habitación. ¡Vaya! La cama no está hecha. Luala sabe hacerla, pero no tiene ganas, es demasiado cansado. Cree recordar algunas líneas de la fórmula mágica que usan sus padres para hacer la cama en un abrir y cerrar de ojos. Pero cambia dos frases y todos los objetos de la habitación se caen al suelo.

¡Ahora el hada tiene que recogerlo todo!

Cuando los padres vuelven de la cena, encuentran a Luala dormida. Sobre la almohada descansa su cuaderno de lecciones, pues ha decidido ponerse a trabajar y aprender las fórmulas mágicas. Cuando uno se las sabe bien, lo puede hacer todo en un abrir y cerrar de ojos. ¡Es mucho menos cansado que hacerlo de verdad!

El concurso
de las haditas

La luna acaba de asomar en cuarto creciente y el **hada Teresa** ya está de lo más nerviosa: ¡esta noche se celebra el concurso de las haditas! Delante de todo el reino, tendrán que llevar a cabo un truco de magia para demostrar sus poderes. Ese año la prueba consistirá en transformar una calabaza en carroza. La pequeña **hada Teresa** se ha estado entrenando todo el día bajo la mirada atenta de su mamá, la hermosa **hada Atención**.

El concurso tiene lugar sobre unas grandes nubes muy suaves, iluminadas por estrellas danzarinas. Fuentes de malvavisco fluyen en oleadas y turrones volantes revolotean alrededor de los invitados. La pequeña **hada Teresa** y sus amigas contemplan nerviosas las calabazas.

GRAN

Poco a poco va reinando el silencio y todas las miradas caen sobre ellas…

El hada Nomenia transforma la primera calabaza en una carroza de dulce: las puertas son de barquillo, las ruedas de regaliz, los caballos están espolvoreados de coco rallado. Las hadas y los magos aplauden a rabiar.

A su vez, el hada Protestona transforma una calabaza en suntuosa carroza, hecha de maderas preciosas y tirada por un unicornio.

De pronto, a unas brujitas maliciosas que se habían agarrado a un rayo de luna para contemplar el espectáculo, se les ocurre una idea gamberra: se convierten en ratoncitos e invaden el lugar. El unicornio, aterrorizado por los ratones, se pone a correr de un lado a otro, asustando a los invitados.

Felizmente, el hada Teresa tiene una idea genial. Decide transformar al público en gatos… ¡que se lanzan de inmediato sobre los ratones! A punto de ser devorados, los ratones vuelven a convertirse en brujas y salen volando sobre sus escobas.

Animadas por semejante aventura, las hadas retrasan el momento de recuperar su aspecto. Aprovechan para pasar el resto de la velada jugando al escondite, al pilla pilla y a las charadas… de gatos.

Pícolo
y la ronda de las hadas

Esta noche, como todas las noches, Pícolo no consigue dormirse. Se revuelve en la cama, con los ojos muy abiertos. Mamá ha dejado un libro de cuentos de hadas en la mesilla de noche. En él hay historias extraordinarias.

Pícolo coge el libro, se lo coloca sobre las rodillas y empieza a pasar las páginas.

Como aún no sabe leer, mira las imágenes. Sale un duende muy gracioso que vive en un gran bosque, dos brujas que viajan en escobas mágicas, y un poco más allá, tres hadas que bailan y dan vueltas. Sus magníficos vestidos vuelan y sus cabellos flotan al viento. En un rincón de la página, una pequeña hada parece tender la mano a Pícolo y decirle:

—¿Quieres venir a bailar con nosotras?

A Pícolo le gustaría mucho ir a la fiesta de las hadas. Coloca la mano sobre el libro y ¡hop!, entra en la ronda de las hadas.

Como por arte de magia, se pone a saltar y a girar al son de la música. La mayor de las hadas le dice entonces a Pícolo:

—Somos las hadas de la danza. ¡Bienvenido entre nosotras! Puedes quedarte todo el tiempo que quieras. Ya verás, aquí no dejamos de divertirnos, de reír y de bailar. Pero tienes que saber una cosa: ¡hay ciertas palabras que no pueden pronunciarse nunca!

¿Divertirse siempre? ¡Estupendo!, se dice Pícolo, saltando cada vez más.

Una de las hadas lo coge entonces de la mano y se lo lleva, riendo. ¡Qué torbellino! Pirueta, saltito, a ver quién salta más alto.

Al cabo de un rato, a Pícolo le entran ganas de parar un momento. Bosteza y dice:

—Estoy un poco can... sa... do. Me gustaría des... can... sar.

—¡Horror! —gritan las hadas—. ¡Ha pronunciado las palabras prohibidas!

En ese mismo instante, el baile se hace más lento, la música se detiene y las hadas se quedan inmóviles como estatuas. En la página del libro, los vestidos y los cabellos han dejado de moverse. Y Pícolo, que finalmente ha conseguido descansar, duerme profundamente en su camita...

¡Real como la vida misma!

¡**M**enuda catástrofe! Martín no se ha despertado esta mañana. Ha sonado el despertador, pero Martín es una auténtica marmota. En cuanto el timbre dejó de sonar, ya se había vuelto a dormir. Y ahora —¡qué rabia!— va a llegar tarde al Concurso de Aprendices de Escultores.

Este año, el tema del concurso es «esculpir un objeto cotidiano real como la vida misma». A Martín eso le parece muy divertido. Pero cuando finalmente llega, todos los demás aprendices han escogido su objeto: un zapato, un reloj, una tetera… ¡No queda más que una almohada! La verdad es que es un objeto perfecto para un gran dormilón. Sin embargo, Martín habría preferido algo más complicado, menos cuadrado, menos plano… ¡que no fuera una almohada, vaya!

De todos modos, Martín se pone manos a la obra. Con aplicación talla, esculpe, ahonda y pule un gran bloque de piedra blanca. Finalmente, la almohada lo está inspirando. Y cuando llega la hora del examen final, está listo.

Óscar, César y Gaspar, los tres miembros del jurado, van pasando de escultura en escultura y ponen nota a las obras de unos y otros. Cuando llegan a la altura de Martín, Óscar examina la gran almohada blanca.

—Se diría que está blandita —se admira.

—Y es suave al tacto —añade César.

Gaspar se acerca a la almohada de piedra, apoya en ella su cabeza con placer.. y se duerme casi inmediatamente.

El jurado es unánime:

—¡Esta es la escultura más real jamás realizada! —se entusiasma Óscar.

—Estoy de acuerdo —admite César.

—Rrrrr... pfiiii...

—concluye Gaspar, roncando.

Óscar y César, dejando allí roncando a su colega, le dan a Martín la copa del mejor aprendiz de escultor.

Un poco más tarde, ese mismo día, cuando Gaspar se despierta al fin, se exponen los objetos esculpidos ante el público. Pero antes, Óscar ha colocado una notita sobre la almohada de Martín:

«¡No utilizar para batallas de almohadas!»

El regalo
de Noemí

Cuando Noemí volvió la página de su calendario aquella mañana, se le encogió el corazón. Mayo se acercaba.

Había rodeado de rojo el primer domingo del mes y había escrito:

«Día de la Madre».

Noemí quería mucho a su mamá, pero al revés que sus hermanos y hermana, que tenían tanto talento, ella no sabía nunca cómo demostrárselo en semejante ocasión.

Arturo, su hermano mayor, escribía maravillosos poemas. Pamela, su hermana, pintaba preciosos cuadros y hasta Tito, el pequeño, hacía estupendos objetos de arcilla.

Así pues, cada año se entristecía más.

Como de costumbre, en aquella época toda la casa se puso a trabajar.

el cielo azul
el mar azul
tus ojos azules

Noemí trató de hacer algunos dibujos y varios objetos, pero todos sus intentos acabaron en la basura: ¡era un desastre! Cada año se prometía a sí misma que lo haría mejor que el anterior, pero iba a fracasar una vez más.

La víspera de la fiesta, entristecida, salió para no ver cómo sus hermanos daban el toque final a sus obras maestras.

El sol brillaba y su calor le recordó los abrazos de su mamá. Noemí se dijo:

—¡Cómo me gustaría ser poeta para poder escribirle algo hermoso!

En ese momento, una vocecilla la llamó:

—¡Yo puedo ayudarte!

Cógeme, y cuando tu mamá me mire, lo comprenderá.

Sorprendida, Noemí descubrió que un gran girasol le estaba hablando. Muy alegre, le dio las gracias y siguió su paseo. Más lejos, las campánulas agitaron sus campanillas.

—¿No nos quieres?

—Oh, sí —respondió Noemí—, ¡tenéis el color de los ojos de mamá cuando ríe!

Las campánulas se unieron al girasol y la niña entró en el bosque.

—¡Tócame y verás lo suave que soy!

—dijo una voz aflautada.

Noemí se inclinó hacia el musgo verde que se extendía al pie de un pino y lo recogió: le recordaba la suavidad de los besos de su mamá.

Cuando volvió a casa, tenía los brazos cargados de flores: lirios del valle por su perfume, iris por su belleza, margaritas para poder decir:

«Me quiere, no me quiere».

A la mañana siguiente, regaló a su mamá el más bonito de los ramos de flores. Ella la estrechó entre sus brazos susurrando:

—¡Tienes un verdadero corazón de artista!

El girasol tenía razón: ¡con una sola mirada, su madre lo había comprendido todo!

El pequeño bandido y **el pintor**

Hace muchos siglos, en los bosques del reino se escondían bandidos que desvalijaban a los viajeros. Manu era el hijo de uno de ellos. Vivía en una cabaña en lo alto de un árbol y soñaba con convertirse en un bandido como su padre. Pero todas las mañanas, cuando preguntaba: «Oye, papá, ¿me llevas contigo a tender una emboscada?», su padre le respondía:

«No, eres demasiado pequeño.

Recoge hierbas para la sopa de esta noche».

Manu se sentía muy triste. ¡Le hubiera gustado tanto aprender a manejar el arco y la espada…!

Un día en que erraba por los bosques, oyó la voz quebrada de un anciano que lo llamaba:

—¡Eh, hombrecillo, tienes aspecto de conocer las plantas! Tráeme bayas de saúco. Soy demasiado viejo para inclinarme.

Encantado de que al fin le dieran una tarea, Manu le llevó las bayas al buen hombre. Este las aplastó en un cuenco, sacó un frasquito de aceite del bolsillo y vertió unas gotas en la mezcla.

—¿Qué hace? —preguntó Manu, fascinado.

—Fabrico una pintura para terminar mi cuadro. ¡Mira!

Y el hombre sacó de su bolsón un rollo de papel que desplegó sobre una piedra plana. Manu abrió mucho los ojos:

tanto rojo, tanto verde, tanto azul…

Todos los colores del bosque estaban reunidos sobre el papel. ¡Era maravilloso!

El pintor sacó un bastoncillo muy negro.

—Esto es un carboncillo. Sirve para dibujar. No he terminado el abrigo de este personaje, ¿ves? Basta con seguir el trazo. ¿Quieres probar?

—¿Yo? —dijo Manu, asombrado—. Pero… yo… ¡soy demasiado pequeño!

El pintor se echó a reír.

—¡Nunca se es demasiado pequeño para dibujar!

Entonces Manu cogió el carboncillo y dibujó con un solo movimiento un largo trazo.

—¡Si se te da muy bien!
—exclamó el pintor—. ¿Te gustaría ser mi aprendiz?

Y así fue como Manu, el pequeño bandido, aprendió a manejar el pincel en lugar de la espada y se convirtió en un pintor famoso en todo el reino.

El mariachi
de mil destellos

Pablo vive al pie de una montaña, ¡una montaña de basura! Allí es donde los camiones de la basura de la ciudad de México van a volcar todos los desperdicios. Pablo ve pasar cada mañana a los alumnos de la escuela de mariachis, vestidos con su traje de hebillas de plata y su enorme sombrero.

Pablo sueña con convertirse también en mariachi,

para tocar música en bodas y fiestas y llevar la alegría a la gente. Pero para eso, hace falta dinero…

57

Así que trepa todos los días a su montaña de basura para ganarse unas monedas. Busca latas y las revende a una empresa que las transforma en bicicletas. Separa el papel y los trapos viejos para la fábrica de papel reciclado. Revende el vidrio a una fábrica de botellas y el hierro a un viejo herrero.

Lo único que Pablo no da nunca son las chapas de las botellas. Cuelga las chapas sobre su cama y mira cómo brillan en la oscuridad. Son como miles de estrellitas que velan por él.

Finalmente, un día Pablo tiene el dinero suficiente para convertirse en mariachi. Se presenta en la escuela acompañado por su mamá y tiende orgulloso al director el grueso sobre que contiene todo su dinero.

—¡ Muy bien, muy bien !
—exclama el director—.
Pero ¿ sabes cantar ?

Pablo no se hace de rogar. Canta una de sus canciones favoritas.

—¡Muy bien, muy bien! —dice el director—. Pero ¿sabes leer?

Pablo descifra unas líneas en un libro.

—¡Muy bien, muy bien!

—comenta el director—.
Pero ¿dónde está tu traje de mariachi?

—¿Mi traje? —pregunta Pablo, preocupado.

—Tienes que comprarte uno —responde el director—. ¡Es obligatorio!

A Pablo se le llenan los ojos de lágrimas. No tiene con qué comprarse un traje así. Todo su dinero está en el sobre que acaba de darle al director... Entonces su mamá saca un gran paquete de su bolso.

—Aquí está el traje de mi hijo, señor director. Quería darle una sorpresa.

Mientras habla, la mamá de Pablo abre el paquete y despliega el traje que le ha hecho. ¡Es fantástico! En vez de hebillas de plata, le ha cosido docenas de chapas de botellas. El traje brilla bajo la luz.

—No eres todavía un mariachi, hijo mío —dice riendo el director—, pero ya te he encontrado un nombre artístico:

¡el mariachi de los mil destellos!

La Navidad
de la bruja

Navidad llega a pasos agigantados. La horrible bruja Tralalá está decorando su árbol de Navidad con telas de araña y unas calabazas. Después mete debajo sus viejas zapatillas negras. Pero como nunca recibe regalos, decide escribir a Papá Noel para encargarle un caldero nuevo.

Unos días más tarde, él responde:

Querida Tralalá,
Haces ya tantas tonterías con tu caldero
que de ninguna manera voy a regalarte
uno nuevo. Pero si corriges
tu actitud, quizá pueda
complacerte.

Papá Noel

—¡Vamos, hombre, estaría bonito, una bruja simpática! —se lamenta Tralalá.

De todos modos, tiene tantas ganas de recibir ese regalo que decide hacer un esfuerzo.

Mientras piensa cómo podría Papá Noel perdonarle sus trapisondas, oye unos gritos fuera. Abre la puerta y ve que unas llamas gigantescas rodean el pueblo.

—¡Por los pelos de un tapir! ¡Allí tengo que acudir!

Coge su libro mágico y prepara una poción que le permitirá apagar el incendio: un poco de nieve arrugada, una gota de rocío y…

—¡Porras, hace falta también un pensamiento bonito!

—Vale —murmura entre dientes—, pensaré que quiero salvar a toda esa gente.

Luego se monta a caballito sobre su escoba, se lanza hacia el cielo y vuelca su poción sobre las llamas. El incendio se apaga en el acto ante los ojos asombrados de los aldeanos.

Al día siguiente, la bruja recibe unas flores acompañadas de una nota:

«Gracias, Tralalá, por habernos salvado la vida».

—Muy bonito lo de salvarles la vida, pero francamente, yo tengo otras cosas que hacer —murmura.

Molesta, coge su viejo caldero para preparar pociones espantosas. Después transforma las barras de pan de la panadería en serpientes y se divierte salpicando los deberes de los escolares con monstruosas faltas de ortografía. Está claro que a Tralalá le cuesta mucho cambiar su manera de ser.

En cualquier caso, el 25 de diciembre salta de alegría al descubrir al pie de su árbol un caldero reluciente. Enseguida vierte en él baba de sapo y caldo de rata para preparar un truco malvado. Pero a medida que va revolviendo la mezcla, se desprende de él un delicioso olor a chocolate.

—¡Caldero botarate,

yo no quiero hacer chocolate! —dice indignada.

Papá Noel pasa en su trineo por encima de la casa de la bruja.

Su risa resuena en el cielo.
Está pensando
en el caldero con truco
que acaba de regalarle
a Tralalá…

Historia 22

El entrenamiento antibrujas

Desde hacía una semana, Lou tenía pesadillas terribles. Una bruja espantosa la perseguía en sueños para convertirla en mermelada para su merienda. Lou corría, pero la bruja acababa siempre por cogerla. Y acercaba sus largos dedos ganchudos al cuello de la niña, soltando una risa atroz…

Entonces Lou se despertaba gritando.

Una noche, la niña decidió no volver a dormir nunca más.

Al día siguiente, fue a casa de su abuela. En la comida, bostezó durante el primer plato, se frotó los ojos durante el segundo y no pudo probar el postre, que era su preferido, de puro cansancio. Su abuelita no comprendía lo que le pasaba.

—He decidido no dormir más —le explicó Lou—. Cuando me duermo, una bruja horrible me espera en mis sueños para convertirme en mermelada para su merienda. Si no duermo, no podrá atraparme. ¡Pero estoy cansadísima!

—¿Sabes por qué las brujas no duermen nunca?
—le preguntó su abuela.

Lou se dio cuenta de que, en efecto, la bruja no dormía nunca.

—Porque descansan asustando a los niños —siguió diciendo su abuela—. La única solución para dormir a una bruja es no tenerle miedo.

¡Para vencer tus miedos, tienes que seguir un entrenamiento adecuado!

Y, levantándose de la mesa, empezó inmediatamente el entrenamiento antibrujas de Lou.

—Ayúdame a limpiar la cocina —empezó a decir.

Pero cuando Lou abrió el armario de las escobas, su abuela, que se había escondido dentro, le saltó encima gritando, y Lou soltó un chillido.

—Podríamos ver la televisión —propuso más tarde la abuela.

Pero en cuanto Lou se sentó tranquilamente, su abuelita pinchó un globo detrás del sofá y Lou brincó hasta el techo.

Después de cenar, la abuela se disfrazó de bruja. Cuando Lou la vio acercarse, se estremeció, pero reconoció la dulce sonrisa de su abuelita.

La niña había pasado por tantos sobresaltos que aquella noche se durmió a su pesar. Pero esta vez, cuando la bruja apareció en sus sueños y se acercó a ella con su risa malvada, ella corrió a su encuentro y gritó:

—¡Quítate ese disfraz, abuelita! ¡Sé que eres tú!

Como Lou ya no le tenía miedo, la bruja se durmió inmediatamente y se puso a roncar. ¡Desde ese día, Lou duerme siempre como un tronco!

Historia 23

La panadera
de los cabellos violeta

Una mañana, la mamá de Agustín pidió a su hijo que fuera a comprar una barra de pan. Al llegar a la panadería, Agustín leyó un cartel que había en el escaparate: «Cambio de propietaria». La nueva panadera era una señora mayor con pelo violeta y nariz ganchuda como el pico de un águila.

—Quiero una barra de pan, por favor.

—¿Mágica? —preguntó la panadera con voz ronca.

Agustín se echó a reír.

—No, normal. Las cosas mágicas no existen, como las brujas, que tampoco existen.

Un brillo maligno apareció en los ojos de la panadera.

—¿Tú crees, tunante?

Y cogiendo una barra del mostrador, la agitó ante los ojos de Agustín.

De pronto, este se encontró en un oscuro bosque. Ante él estaba una bruja que se parecía mucho a la panadera, pero tenía el pelo naranja. Revolvía un líquido en un gran caldero. A su alrededor deambulaban treinta búhos que miraban a Agustín con cara triste.

La vieja soltó una risita malvada.

—¿Otro cliente de mi hermana la panadera?

¿Otro niño que no cree en las brujas?

A Agustín le entró un escalofrío.

—¡Voy a meterte en mi poción y a transformarte en búho como a los demás!

Cogió a Agustín y le metió los pies en el caldero.

El niño vio que se le transformaban las piernas en garras. Para ganar tiempo, gritó:

—¡Sí, creo en las brujas, pero sé que no son muy listas!

—¿Cóoomo? —dijo la bruja rechinando los dientes.

—Transformar a hombres en animales es fácil. ¡Pero nunca podría transformarse a sí misma en animal!

Molesta, la bruja pronunció una fórmula mágica. Transformada en víbora, sacó la lengua para morder a Agustín… ¡pero él, más rápido, la ahogó entre sus garras!

Vio entonces un *Diccionario de fórmulas mágicas* colocado sobre la hierba al lado del caldero. En la palabra «Búho», leyó en voz alta:

—Hiboum Hominum.

Rápidamente sus garras volvieron a ser piernas y todos los búhos recuperaron la forma humana.

Agustín buscó a continuación la palabra «Panadería» y pronunció:

—*¡Panaderis presto ritornus!*

Al instante se encontró en la panadería con sus treinta compañeros. ¡Al ver a semejante tropa rodeándola con aire amenazador, la bruja prefirió desaparecer por una rendija del entarimado!

Agustín buscó otra panadería, silbando para olvidarse del miedo. Después entró en su casa y anunció:

—Mamá, te traigo una barra de pan y una historia increíble. ¿Tú crees en las brujas?

La rana
en gelatina

« Queridas amigas:

Os invito a venir a probar mi rana en gelatina hoy a medianoche. ¡Traed una especialidad vuestra!

Issmögudurn la bruja »

—¡Yupi! —exclama Killy, la bruja americana, cuando lee sus emails—. ¡Mi prima islandesa me invita a una cena internacional!

Rápidamente va a buscar su libro de fórmulas mágicas.

—Veamos mi receta de cookies: leche de bisonte, pepitas de escorpión… ¡Vaya, ya no me quedan! Tengo que ir a ver a Zunia, que seguro que tiene.

Se pone el vestido vaquero y monta en su escoba.

—¡Escoba mágica, vamos a África!

Y aterriza en el mercado delante de Zunia, la vendedora de escorpiones tostados.

—Necesito pepitas para mi receta —le explica Killy.

—Toma un frasco entero —sonríe Zunia—. ¿Y tú, no tendrás una boa fresca para mi tarta de esta noche?

—No, pero pregúntale a Yamaka, que seguro que sí tiene.

Las dos brujas sacan sus escobas.

—¡Escoba, a Asia nos vamos y al llegar paramos!

Y llegan a la cocina de Yamaka, que está ocupada cociendo nidos de araña. Yamaka le da una estupenda boa a Zunia, y las tres brujas terminan de preparar sus platos. Están tan concentradas que no ven que ha pasado la medianoche.

—Vaya, vamos muy retrasadas —exclama de pronto Killy—. Escoba golosa, llévame a Islandia presurosa.

Y las tres aterrizan en casa de Issnögudurn.

—¡Ah, ya estáis aquí, por fin! —dice ella—. ¡Lo siento pero, mientras os esperaba, me he comido toda la rana en gelatina!

Pero Killy, Zunia y Yamaka sacan las cookies con pepitas de escorpión, la tarta de boa babosa y los nidos de araña confitados y el festín comienza.

Entonces una ranita verde salta sobre la mesa…

¡¡Uizzzz!!

¡una magnífica gelatina de rana aparece sobre la mesa!

—Tiene un cierto sabor exótico —dice Issnögudurn al probarla—. ¡Esto sí que es cocina internacional!

Cuatro escobas se dirigen hacia ella y, un segundo después,

71

Las pesadillas
de Cornelia

Calderilla la bruja está furiosa. Una vez más, su hija Cornelia la ha despertado gritando por la noche.

—¡No tengo la culpa de tener pesadillas! —lloriquea la niña.

—Pues yo tengo pesadillas horribles todas las noches —refunfuña Calderilla—. ¡Y eso me divierte muchísimo!

—Yo prefiero los sueños bonitos. ¡Estoy harta de esta guarida siniestra!

La bruja lanza una mirada fulminante a su hija:

—¡Vaya modales! Si sigues así, te mandaré a un internado o a casa de tu abuela para que le friegues los calderos.

Cornelia, desesperada, huye al bosque y se sienta apoyada contra un roble.

Las hojas del árbol la envuelven con suavidad.

—Cuéntame lo que te preocupa. Quizá pueda ayudarte —susurra el roble.

—Soy la hija de Calderilla —le explica Cornelia—. Ella se pasa la vida jugando malas pasadas y contándome historias de brujas de la mañana a la noche. Así que por la noche, tengo pesadillas.

—Mis bellotas están dotadas de poderes mágicos. Recoge cinco y déjalas en infusión en una taza. A continuación, haz beber esta poción a tu madre y su carácter terrible desaparecerá.

Con las prisas, Cornelia solo recoge cuatro bellotas. Prepara el brebaje y se lo lleva a Calderilla, que se lo bebe sin dudarlo y se convierte rápidamente en la más cariñosa de las madres. Pronto la siniestra guarida se convierte en un hogar acogedor y luminoso. Cornelia está encantada. Lo único que le preocupa es que su madre se empeña en llevar puesto todo el día ese sombrero negro y puntiagudo. Pero Cornelia acaba acostumbrándose a esa brujita que tiene por madre.

A partir de entonces, cada noche, la niña se duerme tranquila. A veces sueña que Calderilla cuelga cortinas de tela de araña de sus ventanas. Cornelia piensa entonces que quizá tendrá que ir a buscar de vez en cuando más bellotas…

Dos Indios
en el fin del mundo

El gran jefe Águila Viva galopaba a través de la pradera desde hacía varios días. Perseguía al jefe de una tribu enemiga y enarbolaba su hacha de guerra mientras gritaba:

—¡Zorro Ágil, te voy a arrancar el cuero cabelludo!

De pronto se detuvo. Zorro Ágil había desaparecido. Vio entonces la entrada de un túnel que había entre dos rocas y se metió por él…

¡Menudo viaje! Águila Viva corrió durante un mes por aquel túnel. Cada día pegaba la oreja al suelo y oía los cascos de un caballo que resonaban por delante de él. Entonces gritaba:

— ¡Zorro Ágil, estoy detrás de ti !

Cuando salió al fin a la luz del día, estaba ante unas altas montañas cubiertas de nieve.

—¿Dónde estoy? —exclamó.

—En el Himalaya —le respondió un anciano de ojos rasgados que estaba allí sentado.

—Pero… ¡el Himalaya no está en América!

El viejo sabio asintió con la cabeza:

—No, tu país está al otro lado. Este túnel os ha hecho atravesar la Tierra a tu amigo y a ti.

—¡Mi amigo! —gritó Águila Viva—. Es el peor enemigo de mi tribu: ¡nada impedirá que le arranque el cuero cabelludo!

Y a continuación se marchó.

—¡Ten cuidado con el Yeti!

—le gritó de lejos el viejo sabio. Pero Águila Viva no lo entendió.

Unos minutos más tarde, lo sobresaltó un terrible gruñido.

Un gigantesco mono negro corría hacia él. ¡Era el Yeti! Asustado, el caballo de Águila Viva se encabritó y tiró al suelo a su amo.

El indio ya se creía perdido cuando una flecha se clavó ante los dedos de los pies del Yeti. Llena de pánico, la bestia huyó hacia las montañas. Águila Viva se frotó los ojos al ver a Zorro Ágil acercándose a él con el arco en la mano.

—¿Por qué me has salvado la vida?

—Nuestras tribus se odian desde el principio de los tiempos —respondió Zorro Ágil—. Pero cuando dos indios se encuentran solos en el otro extremo del mundo, son hermanos ante el peligro.

Los dos jefes enterraron su hacha de guerra y reemprendieron juntos el camino hacia América.

Desde entonces, la paz reinó entre sus tribus.

Claro de Luna
y el viejo Joe

—Schh… Schhh… Un ruido extraño despierta la curiosidad de Claro de Luna mientras está recogiendo leña cerca del río. Aparta unos helechos, creyendo que va a descubrir un animal enfermo o atrapado en una trampa. Pero en lugar de ello, ve un sombrero… y bajo el sombrero, a un viejo vaquero que hace muecas de dolor.

Claro de Luna no habla el idioma de ese hombre, pero comprende que tiene sed, y llena su cantimplora en el río. Después, aunque no está muy tranquila, aplica hojas de eucalipto sobre la herida del hombre y le hace un vendaje. Recoge unas cuantas bayas que coloca en la gruesa mano, y se va. Está prohibido ayudar a un blanco, pero Claro de Luna sabe guardar un secreto.

Unas horas más tarde, vuelve con una torta de maíz. El hombre ha desaparecido. «Se ha curado», piensa, sonriendo. «¡Pero se ha olvidado el sombrero!»

Cuando se lo pone en la cabeza, un papel se le desliza sobre la punta de la nariz. En él hay garabateado un mensaje. Como no sabe descifrarlo, lo coloca delante de la tienda de Lobo Sabio, el gran jefe.

Al día siguiente, Lobo Sabio ordena levantar el campamento. Claro de Luna se queda sorprendida: normalmente, la tribu suele pasar aquí los meses de verano. Durante toda la mañana ayuda a recoger las cosas y a plegar la tienda. Pronto se da la orden de partida y comienza una larga marcha hacia el nuevo campamento.

Esa noche, Claro de Luna no consigue dormir.

—Schh… Schhh…

¿Qué es ese extraño ruido?

Sale de su tienda y se da de bruces con el viejo vaquero.

—He olvidado el sombrero —le susurra, con una mano sobre la cabeza para que lo entienda. La niña se dispone a ir a buscarlo, pero el hombre la detiene.

77

—Me llamo Joe —dice, golpeándose el pecho—. ¿Y tú?

—Claro de Luna —responde ella, mostrándole el astro lunar—. ¿Qué ponía en tu mensaje? —pregunta, haciendo gestos para indicar una hoja que cae del sombrero.

Entonces el viejo Joe coge un palo y dibuja tiendas, un fuego y un tótem sobre la arena. Después indica con gestos que hombres y caballos atacan el campamento y lo rompen todo. La pequeña india comprende: le ha salvado la vida a Joe y él, a su vez, ha salvado la suya y la de toda su tribu.

—Quédate el sombrero —dice el vaquero—.

Yo tendré la luna para acordarme de ti.

Esa noche, Claro de Luna ha conseguido dormirse. En sus sueños, un viejo vaquero la protege, y su aldea puede vivir en paz.

Mensajes
en el cielo

En la tribu, Penacho Blanco se encargaba de vigilar el fuego. Nadie se habría atrevido a decir que lo que hacía no servía de nada. Pero al lado de los indios que cazaban bisontes, de los que partían a la guerra o de los que combatían a los malos espíritus, Penacho Blanco hacía un mal papel. Nadie se fijaba en él, y menos aún las jóvenes indias.

Pero Penacho Blanco estaba enamorado.

Ella se llamaba Rocío de la Mañana y sus ojos eran los ojos más hermosos del mundo.

Lástima: ella no lo miraba nunca. Penacho Blanco estuvo pensando mucho tiempo cómo hacer que se fijara en él, y cuando por fin se le ocurrió una idea, la puso pacientemente en práctica. Y un día…

—¡Mira! —gritó Arándano Salvaje a Rocío de la Mañana cuando iban a buscar agua.

La joven india volvió los ojos hacia el lugar que le señalaba su amiga. Por encima del campamento, unas nubes de humo se elevaban hacia el cielo azul. Cada una tenía una forma diferente: un bisonte, un pájaro, una flor…

—¡ Qué bonito !

—exclamó Rocío de la Mañana.

Rocío volvió corriendo al campamento. Allí, de pie junto a su fuego, con una manta en las manos, Penacho Blanco jugaba con el humo y dibujaba en el cielo.

—¿Cómo lo haces? —le preguntó Rocío de la Mañana, intrigada.

Penacho Blanco se puso muy colorado, balbució unas palabras avergonzado y después, respirando hondo, le explicó cómo lo hacía.

A partir de ese momento, Rocío de la Mañana no dejó pasar un solo día sin ir a sentarse junto al fuego con Penacho Blanco. Para ella, él imaginaba gran cantidad de dibujos de humo, siempre diferentes.

Pero una mañana, la muchacha se quedó sorprendida al darse cuenta de que Penacho Blanco no dibujaba más que una sola cosa con el humo. Pues una multitud de corazones blancos invadía el cielo.

Rocío de la Mañana miró a Penacho Blanco y se ruborizó.

—¿Quieres casarte conmigo? —le preguntó tímidamente el joven.

A Rocío de la Mañana apenas le había dado tiempo de saltarle al cuello para decirle «sí», cuando vieron llegar a multitud de indios de las tribus cercanas.

—Hemos visto corazones en el cielo

—decían alegres—.

¡Hemos pensado que se preparaba

una boda y hemos venido!

Penacho Blanco y Rocío de la Mañana
se casaron esa misma tarde.
Y desde ese día, Penacho
Blanco no dejó de enviar
mensajes de humo
para comunicarse con
las demás tribus.

El soplido
de Dragea

Dragea, la pequeña dragona, está mala. No es capaz de escupir fuego. Dragan, su padre, se sumerge en el *Vidralgor*, el libro de recetas para curar enfermedades de dragones. En el capítulo «Ha perdido el fuego sagrado», el libro propone tres soluciones que Dragan pone en seguida en práctica:

1. Tragar cada mañana durante una semana una caja de cerillas con un gran vaso de gasolina.

Al cabo de una semana, Dragea no se encuentra mejor.

Sigue sin escupir fuego y

le apesta el aliento a yeti quemado.

2. Empaparse las escamas con polvo de volcán antes de acostarse.

Tras varios intentos, Dragea sigue sin escupir nada más que humo. Además, sus bonitas escamas blancas están negras de hollín, lo que hace que se pase el día estornudando.

3. Hacerse fulminar por un rayo.

Una noche, cuando oye retumbar el trueno, Dragan coloca a Dragea en lo alto del árbol más grande del bosque. Rápidamente aparecen los relámpagos. Dragea tiende la cola hacia el cielo. Fulminada, se desmaya y cae al pie del árbol. Cuando despierta, sigue sin emitir la menor chispa y su bonita cola está hecha una pena.

Preocupado, Dragan lleva a Dragea a ver a Dragus, el dragón brujo que ha escrito el *Vidralgor*.

Quizá él pueda curar a Dragea.

Dragus prepara una poción. Dragea la toma y se vuelve tan pequeña como una araña. La poción no ha funcionado. Dragus cuece un elixir. Esta vez, las escamas de Dragea se cubren de plumas de colores,

pero de fuego sagrado, nada de nada.

Dragus tiene una última idea. Pronuncia una fórmula mágica:

—¡Fuego fatuo, fuego sagrado,
en la lengua de Dragea aparece restaurado!

Dragea escupe fuego al fin… Por desgracia, se ha vuelto invisible.

Dragus está desesperado. Hace beber a Dragea un antídoto para que vuelva a ser como antes. Sin fuego sagrado. Para consolarla, le ofrece un té ahumado. De pronto, Dragea ve unas frutas rojas muy curiosas sobre la mesa de la cocina. Intrigada, prueba una.

Un líquido ardiente se desliza entonces por su garganta. Dragea se pone carmesí. Para aliviar la lengua, que le arde, se pone a escupir. Un fuego magnífico le sale de las fauces.

Dragea al fin está curada y Dragus está encantado.

Puede añadir una cuarta solución al capítulo:

4. Comer guindillas.

La hazaña del zapatero

John Marty era zapatero y soñaba con ampliar su tienda. Para darse a conocer, decidió llevar a cabo una hazaña:

—¡Voy a fabricar zapatos para Bigfoot! —anunció. La verdad, sí que era una hazaña. Nadie se había atrevido nunca a acercarse a un Bigfoot, esa criatura medio hombre, medio mono que vivía en la montaña.

Con las herramientas a cuestas, John partió a la aventura. Tras varios días de escalada, descubrió al fin la huella de un pie en la nieve. Era tan grande que se le puso la carne de gallina. Pensó en darse la vuelta y volver por donde había venido, pero reunió todo su valor y siguió las huellas por la nieve.

Unas horas más tarde, se dio de bruces con Bigfoot. ¡La criatura era inmensa e increíblemente peluda! En el silencio de la montaña, se oyó de pronto cómo los dientes de John castañeteaban de miedo.

Pero Bigfoot no le hizo daño alguno. Lo miró con sorpresa y continuó su camino.

—¡Espera! —gritó el valiente zapatero, recuperando su valentía—. ¡Que tengo que llevar a cabo una hazaña, eh!

Bigfoot lo observó más de cerca.

—Tengo que darme a conocer —continuó diciendo John—. He dicho que te iba a hacer unos zapatos. Eso me dará publicidad. ¡Enséñame los pies!

Bigfoot no entendía lo que le contaba John, pero le divertía mucho verlo gesticular de aquella manera.

John se apresuró a fabricarle unos hermosos zapatos. Por desgracia, en cuanto Bigfoot se los puso, se levantó y desapareció por la montaña. John no tuvo tiempo ni de hacer una foto a su hazaña.

—Nunca podré ampliar mi tienda —se lamentó.

Pero a su vuelta, la gente se arremolinaba ante su zapatería. Todo el mundo gritaba:

—¡ Viva !
¡ Menuda hazaña !

Ante la mueca sorprendida de John, le tendieron una foto tomada en la montaña. Se veía una inmensa huella de zapato que no podía pertenecer más que a Bigfoot. ¡Y en la suela, impresa en la nieve, se leía: «John Marty – Zapatero»!

El tren fantasma

Puede que creas que los monstruos no existen. Que no son más que leyendas para asustar a los niños pequeños. Eso es también lo que creía Max. Hasta el día en que una feria fue a instalarse en su pueblo.

Caía la noche. Max lo había pasado muy bien durante todo el día e iba a volver a su casa cuando vio una caseta solitaria en una esquina de la feria. Descifró las letras pintadas encima de la entrada:

TREN FANTASMA

—¿Por qué no dar una vuelta para divertirme? —se dijo.

Compró su entrada y el tren arrancó.

A la luz de las bombillas, Max vio primero un vampiro. Después una bruja, un fantasma ¡y hasta un cíclope con babas cayéndole de la boca! Sentado en su vagón, Max no estaba nada asustado. El espectáculo le parecía muy divertido. Pero de pronto, el tren se detuvo y se hizo la oscuridad.

—¡Vaya! —se dijo Max—.
Debe ser una avería eléctrica.

Esperó allí solo en la oscuridad. De pronto, le pareció que algo se movía en las tinieblas.

—¿Hay alguien? —gritó.

No hubo respuesta.

—Slushhhh… slushhhh…

Esta vez estaba seguro. ¡Algo se estaba moviendo! Max dio un salto y tropezó con una forma blanda. Asustado, dio un salto hacia atrás y sintió un aliento cálido en el rostro. En el mismo instante, unos dedos ganchudos se colocaron sobre su brazo.

—¡SOCORRO!

—gritó Max, aterrorizado.

Se encendió un mechero en la oscuridad. Max abrió los ojos de par en par: la bruja lo agarraba por el brazo, el fantasma flotaba a sus pies y el vampiro lo miraba con sus ojos rojos sosteniendo el mechero encendido.

Se acercó a Max, que temblaba como una hoja, y tomó la palabra:

—Oye, hombrecito, las criaturas de las tinieblas estamos aprisionadas en los trenes fantasma para dar miedo a los niños.

Pero ningún niño cree ya en nosotros.

Es muy triste…

Así que, si al menos tú pudieras creer en nosotros, ¡sería estupendo!

Los demás monstruos asintieron en silencio y la bruja le soltó el brazo. Max retrocedió, asintiendo él también, y después se largó de allí a toda velocidad.

A partir de ese día, jamás, nunca jamás se tomó Max a los monstruos en broma. ¡Y jamás de los jamases volvió a montarse en un tren fantasma!

El bosque
del revés

Érase una vez un bosque que no era como los demás. Los árboles de aquel lugar habían crecido al revés. Sus raíces se elevaban hacia el cielo y las ramas tocaban la tierra. ¿Por qué habían crecido así? Nadie lo sabía…

Cada día los duendes aportaban un poco de tierra a las raíces. Con un saco a la espalda, trepaban alegremente por los troncos. Al llegar arriba, vertían la tierra como lluvia fina con pequeñas regaderas. Se deslizaban bajo las ramas para protegerse del sol y de la lluvia. Las hojas que cubrían el suelo les servían de cómodos colchones. Y les bastaba con tender la mano para recoger los magníficos frutos de los árboles.

Pero un día, les pareció que era cansado trepar a lo alto de los árboles para alimentarlos. Hablaron entre ellos:

—Subir no sirve de nada. Seguro que las raíces no necesitan tierra. Si no, habrían crecido de otra manera.

—Tienen el agua de la lluvia, eso les basta. A partir de ahora, quedémonos abajo y paseemos todo lo que queramos.

— Podremos seguir durmiendo bajo las ramas…

— ¡ Y comer fruta durante todo el día !

Y así lo hicieron.

Pero los árboles se sintieron desgraciados, pues ya no tenían nada que comer. El viento que pasaba por allí oyó sus lamentos y se enfadó al verlos tan hambrientos. Su cólera desencadenó una enorme tormenta. Sopló tan fuerte que todos los árboles salieron volando. El bosque entero giraba por los aires…

Finalmente, cuando el viento se calmó, los árboles cayeron todos de pie y metieron sus raíces en la tierra.

Desde ese día, ya no se ve ningún bosque al revés. En cuanto a los duendes, ahora se pasan el día trepando a los árboles para coger sus frutos y dormir bajo las ramas.

No te sorprendas, pues, si un día ves a uno trepando por un tronco con un saco a la espalda lleno de fruta…

Recetas
de duende

Keiko volvía a su casa cuando oyó una voz detrás de ella:

—Espérame, espérame…

Se dio la vuelta, pero la calle estaba desierta. Siguió su camino.

—¡Por favor, espérame!
—suplicó de nuevo la vocecilla.

Keiko se detuvo y examinó la calle. Vio entonces en el suelo a un curioso personajillo de rostro largo como un grano de arroz y orejas rectas como palitos. Llevaba un saco casi tan grande como él. Ella le preguntó:

—¿Quién eres, hombrecito?

—Me llamo Aldan —respondió él inclinando la cabeza—. Soy un duende y vivo en Irlanda. Soy el cocinero de mi pueblo. Todas las noches preparo platos originales para los demás duendes. Hace seis meses me di cuenta de que ya casi no me quedan recetas nuevas. Así pues, he decidido dar la vuelta al mundo para buscar otras. He preparado muchos platos para mis amigos antes de partir, pero tengo que volver mañana, porque si no, se quedarán sin nada. No me faltan más que recetas japonesas. ¿Tú conoces alguna?

—Yo no sé cocinar muy bien —confesó Keiko, desolada—.

¡Pero mi abuela tiene un libro de recetas estupendo! Ven a mi casa y te lo enseñaré.

Aldan aceptó y se deslizó en el bolsillo del kimono de Keiko.

Una vez instalada en la cocina, la niña leyó el libro de recetas al duende, que lo anotó todo en un cuadernito minúsculo. Después sacó unos frasquitos de su gran saco y pidió a Keiko que le diera una pizca de los ingredientes que no conocía.

—¡Ahora podrás hacer cocina japonesa! —exclamó Keiko cuando él metió los frasquitos en su saco.

Pero antes de partir, Aldan quiso preparar un plato para darle las gracias a la niña.

—¿Qué te gustaría cenar esta noche? —le preguntó, consultando su minúsculo cuaderno—. Tengo recetas de África, de Australia, de América…

—Preferiría un plato típico de duendes —respondió Keiko.

Aldan sonrió y sacó de su bolsón nuevos frasquitos. Ayudado por la pequeña japonesa, preparó su famoso suflé de raíces al polvo de estrellas. Y Keiko sirvió el plato a su familia. Al probarlo, su abuela exclamó:

—¡Está delicioso, Keiko! ¡Estoy orgullosa de ti!

Aldan le guiñó un ojo a Keiko desde la ventana, y agitó su gorrito al despedirse, pues volvía a su pueblo a probar sus nuevas recetas.

Historia 34

Brumas y

embrollos

Julián está encantado de pasar las vacaciones en Escocia. Sus padres han alquilado una casa de campo a orillas de un lago precioso, aunque misterioso. Los pescadores del lugar les han dicho que no se aventuren a pasear por él en barca cuando haya bruma.

—¡Los que lo han hecho han desaparecido todos!
—les aseguran.

Esas leyendas hacen sonreír a Julián.

Así pues, esta tarde, aunque por el horizonte parece que el cielo se está cubriendo, se acerca sin miedo a la orilla. Allí hay una barca que parece estar esperándolo.

Unos minutos más tarde, rema por el lago con energía.

De pronto, una bruma llegada de no se sabe dónde lo envuelve completamente. Ya no ve la orilla y el corazón le late a toda velocidad.

—¡Oé! —grita atemorizado.

Por desgracia, no responde nadie. Julián sigue remando, pero ya no sabe adónde va.

De pronto, ve dos puntos amarillos luminosos que se dirigen directamente hacia él. Da un poco de miedo, pero piensa que quizá se trate de un barco. Abre la boca para pedir socorro pero se le hiela el grito en la garganta: ¡una espantosa cabeza cubierta de escamas rojo oscuro acaba de salir de la bruma! El monstruo abre la boca y muestra sus dientes puntiagudos como cuchillos…

Julián grita y se pone a remar como loco. Por desgracia, como va hacia la derecha, el monstruo, más rápido, le corta el paso. Trata entonces de ir hacia la izquierda, pero el monstruo lo detiene también. Aunque está aterrado, Julián tiene una idea. Hace creer a la bestia que va a ir hacia la derecha y en el último momento huye hacia la izquierda.

Remando a toda velocidad, consigue adelantarlo…

Sigue sin ver nada, pero se alegra de haber escapado cuando se produce un choque terrible... Un crujido siniestro que le hace comprender que su barca acaba de romperse contra unas rocas. En unos segundos se encuentra bajo el agua. Mientras trata desesperado de subir a la superficie, siente que algo enorme se le enrosca en la cintura.

—¡La cola del monstruo! —piensa horrorizado.

El animal lo transporta apretado con su cola. Julián está seguro de que se lo va a comer crudo... pero él lo deja delicadamente en la orilla. Entonces, Julián lo comprende todo:
—¡Desde el principio, lo que querías era alejarme de las rocas!
Por supuesto, el monstruo no contesta.

Pero Julián estaría dispuesto a jurar que,
antes de desaparecer,
¡el monstruo le ha
guiñado un ojo!

El edredón,
el dragón y compañía

Al pequeño Luis le da mucho miedo la oscuridad. Su mamá acaba de arroparlo bajo su edredón preferido —el que tiene dragones— y cierra suavemente la puerta. El pequeño Luis ve cómo la sombra se traga su habitación y se pone a llorar. Pero de pronto, Lulú la Luciérnaga se enciende junto a su cama.

—¿Por qué estás tan triste, pequeño Luis?

—Me da miedo la oscuridad, —explica el niño—.

Me gustaría mucho tener un animal para defenderme.

—Encuentra al dragón con cosquillas, que él te defenderá —responde Lulú.

El pequeño Luis mira atentamente su edredón. Pero ¿cómo saber qué dragón tiene cosquillas? Se pone a rascarlos uno a uno, pero no pasa nada… Hasta que hace cosquillas a una dragoncita de aspecto simpático. Oye entonces un ronroneo, y luego ella empieza a retorcerse ante sus ojos asombrados.

De pronto, ¡la dragoncita salta a su lado!

El pequeño Luis le hace más cosquillas todavía y ella se agita junto a él, riendo.

—Hola, dragoncita, ¿quieres defenderme de los monstruos que se esconden entre las sombras? ¡Me dan mucho miedo!

La dragona salta al suelo para inspeccionar la habitación. Gruñe, tose y lanza llamitas a diestro y siniestro. ¡Hop! ¡Quema la nota de la maestra que Luis no se atrevía a enseñar a su mamá, y el jersey verde que le ha regalado la abuela!

Intrigada por todo ese ruido, la mamá de Luis asoma la cabeza por la puerta de la habitación. Inmediatamente, Lulú se apaga y la dragona salta sobre el edredón para confundirse con los demás dragones. Pero, tranquilo, el pequeño Luis se duerme en un pispás.

Al día siguiente, piensa a todas horas que va a volver a ver a la dragona. Pero a su vuelta, ¡sorpresa! Mamá ha cambiado la funda del edredón. La de ahora está cubierta de duendecillos… ¡La noche va a ser aún más divertida!

Una alergia de ogro

Owen era un joven ogro. De momento solo se alimentaba de plantas, pero pronto sería lo bastante mayor como para poder empezar a comer niños. El día anterior no había podido resistirlo y había ido a olisquearlos a la salida del colegio. Pero por la mañana, Owen estaba malo. Se le había puesto la nariz azul, de sus manos salían pelos naranja y tenía los dientes verdes.

Preocupado, fue a ver al doctor Comprimido, que le tomó la temperatura, comprobó su tensión y le examinó la garganta antes de explicarle que lo que tenía era alergia.

—Dígame lo que hizo ayer y le diré a qué le tiene alergia —siguió diciendo el doctor.

Owen le contó que se había levantado tarde, que había desayunado tréboles, que por la tarde había pasado por delante del colegio y que de cena había tomado gratinado de dientes de león.

—¿Y hace eso todos los días? —preguntó el doctor.

—Sí, menos lo del colegio. Era la primera vez —se ruborizó Owen.

El doctor se dio cuenta entonces de que Owen era alérgico... a los niños. Owen estaba hecho polvo. ¿Un ogro alérgico a los niños? ¡Eso no existía! Pero el doctor se lo confirmó: no solo algunos ogros eran alérgicos a los niños, sino que no existía remedio alguno para curarlos.

—Entonces, ¿no podré comer niños nunca?
—lloriqueó Owen, que estaba harto de comer plantas.

—No se lo aconsejo, es muy peligroso. Corre el riesgo de cambiar de color y de volverse verde fluorescente con lunares rosa... ¡definitivamente!

Cuando el joven ogro, consternado, estaba a punto de marcharse, el doctor le propuso una solución. Por supuesto, no era exactamente lo mismo, pero Owen podía comer una cosa que sabía tan bien como la carne de niño: podía comer... ¡caramelos!

Aquella misma noche, Owen devoró goloso su puré de fresas de gominola con salsa de bastones de caramelo.

A partir de ese momento no volvió a estar nunca enfermo y se hizo famoso en el mundo entero por sus populares recetas de caramelos.

Monstruos
contra fantasmas

Érase una vez una bonita casa encaramada sobre una colina. Su propietario era un anciano caballero llamado Eugenio. La había comprado hacía mucho tiempo, y había ido a instalarse allí con su mujer y su bebé. Por la noche, la mamá había acostado al bebé y le cantaba una nana:

—Arrorró mi niña, arrorró mi…

—¡LOLOOOO!
—había gritado una espantosa voz.

Al alzar la cabeza, la señora Eugenio había visto a diez fantasmas riéndose. Había cogido en brazos a la niña y había salido corriendo de la casa gritando que nunca más volvería a poner los pies en ella.

Desde hacía muchos años, el señor Eugenio intentaba vender su casa. Pero cuando llevaba a alguien a visitarla, los fantasmas aparecían siempre por la esquina de un pasillo para asustar a los compradores. ¡Querían quedarse la casa para ellos solos!

Entonces el señor Eugenio decidió publicar un anuncio por palabras en el periódico: «Vendo casa encantada a buen precio».

Al día siguiente, llamaron a su puerta. Fue a abrir… y se dio de narices con una familia de monstruos verdes cubiertos de pústulas.

—¡AHHHH!

—gritó el señor Eugenio, tratando de cerrar la puerta.

Pero el mayor de los monstruos ya había deslizado su pie pegajoso en el quicio:

—¡Espere! Me llamo señor Glóbulo y vengo por el anuncio. Me gustaría comprar su casa.

El señor Eugenio se detuvo.

—Estooo… Está encantada, ¿sabe?

—¡Eso no nos da miedo! —respondió el monstruo con una horrible sonrisa babosa.

Se cerró el trato y la familia Glóbulo se mudó de inmediato a la casa. Cuando llegó la noche, la señora Glóbulo acostó a su bebé monstruo y le cantó una nana:

—Arrorró mi bebé Crápulo, arrorró mi…

—¡LOLOOOOO! —se burló la panda de fantasmas.

La señora Glóbulo alzó la cabeza y miró a los fantasmas a los ojos. Y después respondió:

—Oye, pues mi niño solo bebe sangre de fantasma.

Los diez fantasmas huyeron inmediatamente ¡y nadie volvió a verlos nunca!

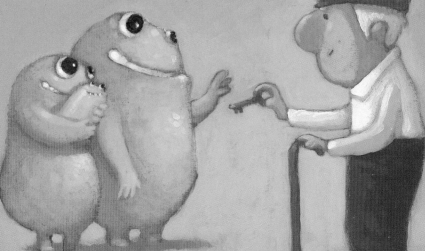

Arsenio
y el fantasma
congelado

Todos los días, Arsenio sueña al fondo de su clase.

Con la nariz hacia al techo y la cabeza en las nubes,

no consigue atender a la maestra Perolita.

Su mirada se ve atraída sin cesar por la casa azul que está frente a la escuela. Se ha dado cuenta de que las dos ventanas del piso de arriba están siempre abiertas, incluso en un día de noviembre tan frío como ese. Diga lo que diga la maestra, Arsenio no consigue apartar los ojos de las ventanas.

Un día, imagina que un pequeño troll llegado de las nieves se ha instalado allí y que deja las ventanas abiertas porque siempre tiene calor. Al día siguiente, piensa que lo que hay es un monstruo bueno lleno de pústulas que huele tan mal que se ve obligado a airear la habitación todo el tiempo para no molestar a los vecinos.

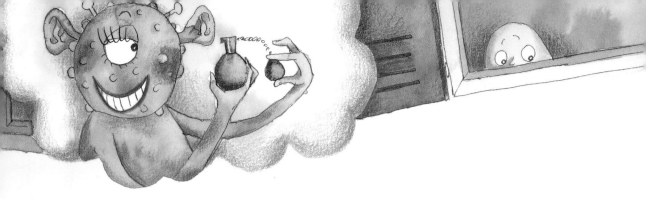

Una tarde, la maestra le pide a Arsenio que se quede después de la clase para hacer unas líneas de escritura.

—¡Si sigues en las nubes, nunca aprenderás a escribir! —le dice.

Pero pronto la maestra se ausenta un momento y Arsenio contempla las ventanas abiertas... ¡No puede creer lo que ve: un fantasmita azul sale volando de ellas y se acerca a él!

—¡Así que eres tú el que vive aquí! —exclama Arsenio—. ¿Por qué tienes la ventana siempre abierta?

Un poco avergonzado, el fantasmita suspira:

—Mis pa-padres las dejan abiertas porque aún no soy ca-capaz de pa-pasar a través de las ven-ventanas.

¡Ojalá hubie-hubiera podido apren-aprender en la escuela!

En ese momento la maestra vuelve a la clase y se sobresalta. Arsenio le presenta a su nuevo amigo y le explica su problema.

Aliviada, Perolita sonríe al fantasma.

—No te preocupes, voy a ayudarte.

Y le hace hablar lentamente, y luego cantar canciones.

De repente, se calla.

—¡Pero si ya no tartamudeas! Es que, simplemente, estabas congelado.

El fantasmita se mira: ya no está azul, sino blanco. Feliz y agradecido, sale volando al encuentro de su familia.

Al día siguiente, decidido a aprender a escribir, Arsenio se inclina sobre su cuaderno. Pero la casa azul atrae su mirada. Percibe entonces la manita blanca del fantasma que le saluda desde la ventana… ¡cerrada!

El bandido que se convirtió en flor de cactus

*B*illy Banjo era el vaquero más amable y el mejor tirador del Far West. Llegó un día a las puertas de un pueblo donde reinaba una gran inquietud. Un hombre vigilaba la entrada de una calle. Billy preguntó qué pasaba.

—El banco acaba de ser atracado por un bandido que ha conseguido salir sin ser visto. ¡Se ha llevado más de cincuenta lingotes de oro! Pero no irá lejos: todo el pueblo está vigilado.

En ese momento, llegó el sheriff a caballo.

—¡Déjame salir, voy a buscar refuerzos!

El guardián saludó y el sheriff salió del pueblo al galope. Billy Banjo frunció el ceño y gritó:

—¡Sheriff!

El jinete se dio la vuelta. Rápido como el rayo, Billy apuntó con su pistola al corazón del sheriff. Se oyó un disparo. El guardián gritó:

—¡Estás loco!

Pero el sheriff no había muerto, pues Billy Banjo había apuntado a su estrella, que voló en pedazos: ¡cinco lingotes de oro cayeron sobre el camino!

—Ese bandido es un listillo… pero su estrella era demasiado grande para ser la de un sheriff de verdad —explicó Billy Banjo. A continuación se lanzó en persecución del bandido, que había salido al galope hacia el desierto.

El falso sheriff se volvió y disparó, ¡ Pam ! El sombrero de Billy salió volando por los aires. Billy apuntó a su vez.

¡Pam, pam !

Las dos espuelas del bandido cayeron al suelo. Su caballo se detuvo asustado pero, sin espuelas, el bandido no podía hacerlo avanzar. Mas, en ese mismo momento, llegaba un tren… El bandido se lanzó hacia él, se agarró a una portezuela y trepó al techo. De pie junto a la chimenea, disparó gritando:

—¡Reza tus oraciones, hijo de un coyote!

El pañuelo rojo de Billy Banjo quedó agujereado.

El vaquero apuntó a las suelas del bandido diciendo:

—¡Salta si aprecias en algo tu vida!

Y la bala salió.

Por querer evitarlo, el bandido perdió el equilibrio y se cayó del tren.

Apareció sobre un cactus gigante, rodeado por una lluvia de lingotes

que le caía de los bolsillos.

—¡Ay, ay, ay! —chillaba, sin poder escapar de las espinas.

Billy Banjo empezó por recoger tranquilamente los lingotes. Luego cogió su

lazo y lo hizo girar por el aire. Así arrancó al bandido de los pinchos.

—¡Huy, huy, huy! —seguía gritando.

—Eres un blando, flor de cactus —dijo riendo Billy Banjo—. Pero me

das pena: ¡te llevo a la enfermería de la cárcel!

Ató al bandido a la grupa de su caballo y volvió silbando hacia el pueblo.

El bandido torpe

Carlo está orgulloso de su familia. Los Vargas son los bandidos más famosos de todo Méjico. A mamá se le ocurren las ideas; papá organiza los golpes; Esteban, el hermano, es un as de la dinamita y Magda, la hermana, maneja el revólver como nadie…

La especialidad de Carlo es, por desgracia… ¡ la torpeza !
Una auténtica catástrofe.

Esa noche, como tantas otras, la familia vuelve con las manos vacías.

—¿Y bien? —pregunta mamá, que se ha quedado en casa.

—Carlo ha vuelto a estropearlo todo —dice Magda, furiosa.

—Habíamos vaciado las cajas fuertes de la joyería —explica papá. Carlo se equivocó de botón, y en vez de abrir la puerta blindada, ¡puso en marcha la alarma!

En la pequeña hacienda perdida en medio de los cactus, se impone la seriedad.

—¡Ya basta! —se queja Esteban—. En casa del gobernador, Carlo tropezó con la alfombra y aterrizó contra una vitrina. ¡Vaya escándalo! Tuvimos el tiempo justo para saltar por la ventana antes de que llegara la policía.

—Al volver del banco —recuerda Magda—, perdió los sacos de billetes y dejó a papá inconsciente porque lo confundió con un guardia… ¡No queremos que venga más con nosotros!

—Dadle una oportunidad más —responde mamá—. Mañana, un tren cargado de oro va a atravesar la montaña sin escoltas. Atacadlo en las Gargantas del Diablo. ¡Carlo, esta vez, fíjate bien!

Al día siguiente, todo está preparado. Esteban ha pegado dinamita en las rocas. A su señal, Carlo debe accionar el detonador para que una enorme piedra caiga sobre las vías y bloquee el tren. Abajo los demás esperarán entre los arbustos, listos para saltar.

—¡ Fuego ! —grita papá de pronto.

Carlo se precipita hacia él y ¡cataplás! Se le engancha el pie en el cable y lo arranca.

—¡Oh, no! —gime.

El tren llega y no se produce ninguna explosión.

—¡Qué imbécil! —susurran los demás desde abajo.

Los vagones pasan ante ellos, atiborrados de soldados armados hasta los dientes…

—¡Carlo se ha olido la trampa! —le cuentan a mamá—. Nos ha salvado la vida.

—¿Lo veis? ¡Menos mal que está aquí nuestro Carlo!

Bill *el Terrible*
contra Joe *el Peor*

Bill Smith, el hijo del lechero de Cactus City, soñaba con convertirse en bandido. Una hermosa mañana, se marchó de su casa para siempre.

—¡A partir de hoy, seré Bill *el Terrible*!

Y se convirtió en el terror del Gran Cañón.

Una noche, Bill *el Terrible* estaba en el *saloon*, cuando oyó decir tras de sí:

—¡ Bill Smith !

Bill se sobresaltó. ¿Quién conocía su verdadero nombre?

— Soy Joe *el Peor*
— siguió diciendo la voz —. ¡No te escaparás !

Bill se dio la vuelta. En la calle, un desconocido esperaba. Llevaba un largo abrigo rojo y un gran sombrero que le ocultaba el rostro.

Bill había oído hablar de Joe *el Peor*. Se decía que solo atacaba por la noche y que la sangre de sus enemigos había teñido su abrigo de rojo. Diecisiete bandidos habían desaparecido ya, todos víctimas de Joe *el Peor*. Bill se puso a sudar la gota gorda. ¿Acabaría como los demás? ¡De ninguna manera! Salió por la parte de atrás del *saloon*, silbó a su caballo y huyó al galope.

Pero Joe *el Peor* lo persiguió y lo alcanzó rápidamente. Se plantó delante de él sin decir nada y Bill sintió un olor terrible.

«Olor a sangre» pensó. «¡La sangre de los diecisiete bandidos!»

Bill estaba tan aterrorizado que no conseguía moverse. De pronto, Joe *el Peor* lo agarró por el cuello y lo alzó de su silla de montar.

«¡Estoy perdido!» se dijo Bill.

Joe el Peor lo tumbó sobre su caballo y le dio una azotaina magistral.

—¡Bill Smith! —rugió Joe—. ¡Vas a dejarte de fechorías ahora mismo!

—¡Sí! —chilló Bill.

—¡Vas a volver a Cactus City!

—¡Sí!

—¡Y vas a hacerte lechero!

—¡Sí! —respondió Bill sin dudarlo.

—¡Perfecto! exclamó Joe *el Peor* quitándose el sombrero—. Entonces puedes volver a casa… hijo mío.

—¡Papá! —gritó Bill—. Pero ¿y la sangre? ¿Y los diecisiete bandidos?

A modo de respuesta, Joe *el Peor* sacó un queso curado de su bolsón y lo compartió con su hijo. Después se marcharon a la lechería, ¡donde los esperaban diecisiete nuevos aprendices!

Las desgracias de Conor O'Conor

El bandido Conor O'Conor merodeaba por el páramo irlandés sin conseguir asaltar a un solo viajero, porque tenía alergia al polen. En cuanto se escondía entre los brezos, estornudaba y los que pasaban huían antes de que él pudiera atacarlos.

—Voy a instalarme en el bosque —decidió una mañana el bandido—. Hay menos flores y seré más discreto.

Conor encontró un claro sin ninguna flor y, en un solo día, consiguió desvalijar a un montón de viajeros. Al caer la noche, escondió su botín cerca de un gran roble y se durmió. Pero al día siguiente…

—¡Mi botín ha desaparecido!

—rugió el bandido.

Era cierto: en lugar de sus tesoros, no había más que un montoncito de bellotas.

Cuando llegó la noche, Conor colocó el botín de la jornada en el mismo lugar y se instaló entre unos arbustos para poder sorprender al ladrón si este volvía.

Finalmente, vio a la luz de la luna a diez duendes vestidos de verde y con gorro rojo.

—¡Por las barbas de san Patricio, son «leprechauns»!

El bandido no se movió ni un milímetro. Observó cómo los duendes recogían el oro y la plata en un caldero, arrojaban las bellotas a modo de consolación, y se alejaban con la marmita en la mano.

—Voy a seguirlos —pensó Conor O'Conor—. Me llevarán derechos a mi botín y, de paso, recuperaré sus tesoros. ¡Porque ya se sabe que los leprechauns son riquísimos!

Lo que también se sabía es que no se les puede perder de vista. Si no, en un instante, desaparecían como por encanto. Con los ojos muy abiertos, Conor O'Conor siguió a los duendes hasta un río bordeado de flores silvestres.

—¡Oh, no! —gimió—. ¡Flores! No tengo que… ¡AAACHÚS!

¡Demasiado tarde! Al estornudar, el bandido cerró los ojos. Cuando los volvió a abrir, los leprechauns y el botín se habían desvanecido.

Si alguna vez pasáis por un bosque irlandés y oís ruido entre la maleza, no tengáis miedo: es Conor O'Conor, que busca sus tesoros, ¡acompañado de una fanfarria de estornudos!

El pirata fantasma

Historia
43

Mis padres acaban de comprar una casa abandonada, llena de trastos oxidados y de cosas polvorientas que no quieren tirar de ninguna manera. No hacemos más que limpiar, ordenar y arreglar… Es tan cansado que anoche me dormí enseguida. En plena noche me despertó un ruido. Alguien daba golpes en el techo. Pensé fastidiado que mi padre estaría reparando el desván. Estaba harto de las obras, harto de ese martillo en plena noche… Salté de la cama, subí la escalera de mano y abrí la puerta del desván.

Estaba allí. Con la barba en el viejo cofre y el pie golpeando el suelo, con el ojo derecho cubierto por un parche.

¡UN PIRATA!

Sorprendido, dejé que la puerta se cerrase tras de mí. Él se volvió gritando:

— ¡DIANTRE! ¿Qué haces ahí, grumetillo?

—Vivo aquí, y no soy un grumetillo. ¿Y usted, qué hace aquí? —respondí, medio curioso, medio enfadado.

—Soy el capitán Plomo. Marino de profesión, pirata de toda la vida, fantasma desde hace mucho. Hace doscientos años que busco mi brújula mágica para llegar a mi buque y navegar hacia los cielos. ¡Estoy seguro de haberla olvidado aquí!

Y siguió buscando.

—Si le digo dónde está, ¿qué me dará usted a cambio? —le pregunté, porque sabía que mi padre había encontrado el día anterior una extraña brújula con una calavera.

—¡Te dejaré mi diario! —prometió el pirata.

Yo le tendí la mano para sellar el pacto y él escupió en el suelo jurando:

—¡Palabra de corsario!

Fui a buscar la brújula y él me siguió atravesando las paredes. En cuanto la tocó, desapareció gritando:

— ¡AL ABORDAJE!

Esta mañana creí que había soñado hasta que vi un viejo libro colocado sobre mi almohada: *El diario del capitán Plomo*. Sonreí. No había soñado. Y lo peor es que, igual que a mis padres, me han empezado a gustar las cosas viejas y polvorientas…

El buscador
de tesoros

¡**P**luf! Como todos los días, Tiago se ha lanzado al mar. Los piratas que lo han secuestrado en su pueblo lo obligan a sumergirse sin descanso para rebuscar en los restos de un navío y encontrar un tesoro fabuloso. Aterrorizado por la oscuridad de las profundidades, sin aliento, Tiago vuelve una vez más con las manos vacías.

Una noche, mientras se encuentra encadenado en la bodega, oye a los piratas hablando entre ellos:

—¿Y si no lo encuentra?

—¡Lo mismo! Démosle una semana más.

Tiago se horroriza.

¿Cómo puede escapar a su horrible suerte?

Dos días más tarde, cuando teme tropezarse con un esqueleto, encuentra un cofre entre los restos del barco. Lo abre y descubre, con el corazón acelerado, un montón de monedas de oro y piedras preciosas. Se le ocurre entonces una idea genial…

—¡Nada aún! —dice contrito, al subir a la superficie poco después.

A partir de ese momento, cada vez que se sumerge, Tiago se llena los bolsillos de esmeraldas y de diamantes, de zafiros y de monedas de oro, y las sustituye en el cofre por piedras. Por la noche vacía los bolsillos y esconde el botín bajo su manta. Así pasan cinco días.

—Es tu última oportunidad —lo amenaza el capitán de los piratas.

Esta vez, Tiago emerge victorioso, blandiendo un puñado de monedas de oro. Los piratas están como locos:

—¡Coge esta cuerda y átala al cofre!

Tiago vuelve a zambullirse. Bajo el agua, ata la cuerda y la frota con una concha de ostra para desgastarla. Después sube a bordo y observa cómo tiran los piratas.

¡CRAAAAC! Cuando el tan esperado cofre aparece en la superficie, la cuerda cede. Como un solo hombre, los piratas saltan al agua para atrapar el tesoro antes de que se vuelva a hundir en las profundidades del mar.

Como un rayo Tiago sube por la escalera de cuerda y leva el ancla. Los piratas, rabiosos, ven partir a su navío.

—¡Gracias por el tesoro!

—grita Tiago, poniendo rumbo a su aldea natal.

Pato,
el hijo del pirata

Pat el cojo era un pirata temible y orgulloso de serlo. Solo una cosa lo desesperaba: su hijo Pato, que en lugar de pelear como su padre, se pasaba el tiempo leyendo. Leía en todas partes: en lo alto del palo mayor, colgado de los obenques, detrás de los cañones… Pato se veía obligado a esconderse a menudo, pues si no quería probar el látigo paterno, más le valía que no lo encontrara.

—¡Pierdes el tiempo! —gruñía su padre—. ¡En una batalla, los libros no te salvarán de un mal trago.

Mírame a mí:
¡no sé leer, pero todo el mundo me teme!

A Pato le daba mucha rabia no complacer a su padre, pero no podía evitarlo: ¡nada podía impedir que leyera!

Un día en que estaba leyendo escondido en el fondo de un tonel con un farol de petróleo, oyó una explosión y gritos. Después sintió que lo hacían rodar.

Cuando se atrevió a sacar la nariz fuera del tonel, era de noche, pero adivinó que estaba en la bodega de un barco desconocido. En silencio, salió a explorar y pronto descubrió a toda la tripulación de su padre detrás de una gruesa verja de hierro.

—¿Papá?

—¡Ah, hijo mío, estás sano y salvo! ¡Huye rápidamente, que hemos sido capturados por los soldados del rey!

—Pero antes os soltaré.

Pat el cojo sonrió tristemente:

—Es imposible. La llave solo la tiene el capitán. ¡Corre, escapa!

Entonces Pato se marchó. Pero en lugar de saltar al agua, se dirigió al depósito de pólvora. A fuerza de rebuscar, encontró lo que buscaba y volvió a la bodega.

—¡Retiraos, es peligroso!

Los piratas, aunque sorprendidos, le obedecieron. Pato abrió entonces la botellita que había traído consigo y la vertió con cuidado en la cerradura.

Se oyó un «psscht», salió humo... y la puerta se abrió.

—¡Bravo, hijo! —lo felicitó su padre—. Pero ¿qué es eso?

—¡Mira, aquí está escrito!

Pero el pirata no podía descifrar la etiqueta. Entonces Pato le explicó sonriente:

—Es ácido sulfúrico, que corroe el hierro.

Pat estaba admirado.

—¿Dónde has aprendido eso?

—¡Pues en la *Guía del pirata aprendiz de química*, por supuesto!

Mientras escapaban en una barca, el pirata avergonzado se inclinó hacia el hijo del que ahora estaba tan orgulloso, y le susurró:

—Oye... ¿podrías enseñarme a leer?

Fuegos artificiales
para un cumpleaños

¡Hay un gran zafarrancho en la isla de los piratas! Se celebra el séptimo cumpleaños de Nazario, el hijo del jefe. Para preparar el cumpleaños, su padre ha enviado navíos en todas las direcciones. Vuelven cargados con el botín: maletas llenas de juguetes y de caramelos robados aquí y allá…

¡Arístides *el Terrible*, padrino de Nazario, ha llegado a robar un velero para que su ahijado se entrene capitaneando su primer barco!

Pero el velero no está vacío. El jefe de los piratas ve que de él desembarcan tres prisioneros: un padre, una madre y su hijo. Interroga al niño:

—¿Cómo te llamas? ¿Qué edad tienes?

—Armando, y tengo siete años —responde el niño, no muy tranquilo.

—¡Por la calavera de mi bandera negra! Estupendo, serás un amigo para Nazario.

Armando se arrebuja contra sus padres. ¡No quiere convertirse en amigo de un pirata!

—¡Valor, Armando! Trata de salvarnos… —le susurra su padre.

Unas horas más tarde, Nazario se pasea con Armando entre las montañas de regalos.

—¡Cómo me cuidan! ¿Eh?

Armando se encoge de hombros.

—Bah. A tu fiesta le faltan unos fuegos artificiales. Cuando cumplí siete años, tuve unos que se veían desde muchos kilómetros a la redonda.

Nazario se muere de envidia.

—¡Papá, yo también quiero fuegos artificiales!

El jefe de los piratas se siente molesto. ¡Se ha prometido cumplir hasta el más mínimo capricho de su hijo en ese día! Así pues, susurra una orden al oído de Arístides el Terrible…

Unos minutos más tarde, una explosión hace temblar toda la isla.

¡Arístides ha hecho saltar el depósito de municiones!

Cohetes multicolores se

Nazario está deslumbrado. Armando sonríe: su treta ha funcionado.

En efecto, desde tierra firme, los soldados del rey ven la explosión.

—Esos piratas locos han hecho saltar sus municiones. ¡Es el momento de atacarlos!

Se embarcan rápidamente en navíos de guerra y se dirigen derechos a la isla.

Al verlos llegar, los piratas se precipitan hacia sus cañones. Pero no les queda ni una bala que disparar… y sus sables no pueden gran cosa frente a las carabinas de los soldados.

Tras una corta batalla, todos son capturados. Nazario tira de la manga a su padre:

—Papá, no iremos enseguida a la cárcel, ¿no? ¡Quiero soplar las velas!

Pero su padre lo mira con una mirada tan, tan sombría, que no se atreve a insistir mucho…

127

El pirata
y el Vendedor de Arena

★ Gringo era un feroz pirata que sembraba el terror en todos los mares del Caribe. Su crueldad era tan famosa que nadie se atrevía a medirse con él. Cuando aparecía la sombra negra de su navío, todos los barcos se dejaban atrapar sin oponer resistencia. De este modo había amasado una fortuna colosal que no compartía con nadie. Gringo no tenía más que un problema: por la noche no conseguía pegar ojo. Con los ojos como platos, permanecía tumbado en la cama, con el puño crispado sobre el sable, esperando un sueño que nunca llegaba.

Un día se cansó.

—¡Soy el único al que no visita el Vendedor de Arena!

¿Será porque me tiene miedo?

Y Gringo decidió ir a atacar a aquel cobarde para robarle su arena mágica.

Cuando llegó la noche, navegó hacia la isla de los Sueños, donde estaba amarrado el velero del Vendedor de Arena. Cuando llegó a bordo, se sorprendió al no ver a nadie. ¿Acaso el Vendedor de Arena vivía solo, sin nadie que lo defendiera? ¡Menudo idiota! Gringo se deslizó en la habitación donde el anciano roncaba como un bienaventurado. Pero por mucho que rebuscó por todas partes, no vio rastro alguno de arena.

—¿Dónde has escondido tu arena mágica?

—gruñó, colocando su sable sobre el cuello del Vendedor.

El anciano abrió un ojo y sonrió al reconocer al pirata:

—Buenas noches, Gringo. Estaba teniendo un sueño maravilloso, ¿sabes…?

—¿Dónde está la arena? —lo interrumpió Gringo furioso.

El Vendedor de Arena estalló en carcajadas.

—¿Todavía crees en leyendas a tu edad? ¡No hay ninguna arena, por supuesto!

Sorprendido, Gringo balbució:

—¿No hay arena? Entonces, ¿cómo haces para dormir a la gente?

—¡No hago nada! Se duermen solos, pensando en sus amigos, en su familia, en las cosas bonitas que harán al día siguiente…

Gringo suspiró:

—Lo malo es que yo no tengo amigos, ni familia, y ¡no es que haga cosas muy bonitas precisamente!

El Vendedor de Arena le dio unos golpecitos en la rodilla.

—¡Pues ahora ya sabes cómo encontrar tu arena mágica! —Y de nuevo se puso a roncar.

Gringo volvió a su barco y decidió que a partir de entonces iba a ser el pirata más simpático de todo el Caribe.

Al día siguiente, repartió su fortuna entre los habitantes de la región y luego, cuando llegó la noche, se sintió muy cansado. Se metió en su camarote y se dejó caer sobre la cama. Le picaban los ojos, bajó los párpados y, por primera vez en su vida, una sonrisa empezó a flotarle en los labios:

estaba soñando…

El pequeño pirata
esquimal

Akkilokipok, el pequeño esquimal, sueña con hacerse pirata y recorrer los mares en busca de tesoros fabulosos. Así pues, tras haber lavado el trineo de su padre y limpiado el iglú para ganarse unas monedas, acude a la iglulibrería y compra el libro *Cómo convertirse en pirata en cinco lecciones.* De vuelta en casa, Akkilokipok se encierra en su cuarto y se enfrasca en el libro.

Lección número 1: Tener una sonrisa cruel

Akkilokipok se inclina sobre un grueso cubito de hielo que le sirve de espejo y pone muchas muecas para tener un aspecto malvado. Cuando el resultado le parece bien, vuelve la página del libro.

Lección número 2: Tener un loro

—Esto se complica —piensa el pequeño esquimal.

En efecto, nadie ha visto nunca un loro en el Polo Norte. No importa. Pinta de todos los colores posibles las alas de un cormorán y listo.

Lección número 3: Tener una pata de palo

Akkilokipok no había pensado en eso. Y la idea de cortarse una pierna no le hace mucha gracia…

—¡Arrastraré la pierna! —decide.

Lección número 4: Tener un barco

—¡Eso es fácil! —exclama Akkilokipok—. Tengo mi kayak de piel de foca.

Lección número 5: Hacerse a la mar y partir

Rápidamente, Akkilokipok sale del iglú, se lanza hacia su pequeño kayak, lo empuja para meterlo en el mar… ¡y se detiene en seco! No hay agua… El invierno ha llegado al Polo Norte y el agua se ha transformado en hielo. El pequeño esquimal tiene una sonrisa muy cruel, un loro un poco raro, una pierna que no es del todo de madera y un barco. ¡Pero no tiene mar! Pues menuda faena.

—¡Akkilokipok, ven a bañarte! —le grita su mamá.

El pequeño esquimal sonríe con aspecto cruel, arrastra la pierna y entra en casa gritando con voz ronca:

—¡Temblad, amigos, soy el pirata de la bañera!

¡ Al abordaje !

Pedro tenía mucho miedo: era su primer abordaje. Era el pirata más joven de la tripulación, apenas tenía trece años.

—¡ Izad la bandera !
—ordena el capitán.

Arrían la bandera de la calavera y la sustituyen por una española, como la del barco al que van a atacar. Es un truco. Para engañar aún más al enemigo, se han vestido con uniformes españoles.

En un silencio total, el capitán ordena repartir hachas, sables y pistolas.

Pedro observa a sus compañeros agarrando su arma con todas sus fuerzas. A todos les falta un ojo, una pierna, una mano. Piensa en su madre.

Abandonó a su madre para enrolarse como ayudante de cocina en una carabela de exploradores. Pero antes de embarcar, conoció al más osado y rico de los piratas, que lo convenció para que lo siguiera a su navío.

—¡Por mi garfio, tendrás una vida mucho más divertida y cubrirás de oro a tu madre!

Pedro jamás había tenido miedo, pero ahora que se acercaba el ataque, apenas conseguía levantar el hacha. Le temblaban las piernas y se le nublaba la visión.

—¡ Al abordaje ! —grité el capitán.

Y los ganchos de abordaje llovieron sobre el navío español entre un espantoso fragor. Dando horribles gritos, los piratas saltaron sobre el barco enemigo. Pedro se vio sobre el puente, en medio de sus compañeros que hacían girar sus armas, chillando.

¡Qué pesadilla !

Fue entonces cuando… ¡sorpresa ! Los marineros del otro barco tenían parches en los ojos, piernas de palo y garfios en lugar de manos… ¡También eran piratas disfrazados de marinos españoles!

De madrugada, mientras las dos tripulaciones roncaban sobre el puente tras haberse divertido toda la noche, Pedro se marchó en una barca. No estaba hecho para la vida de pirata, la verdad. Encontraría otro medio de cubrir a su madre de oro. ¡Por ejemplo, enrolándose como ayudante de cocinero en una carabela de exploradores!

Historia 50

El rey del gallinero

Hoy es el día de los Reyes Magos. Cocotina acaba de hacer un magnífico roscón con su mamá. Crok, su hermano mayor, entra corriendo en el gallinero atraído por el delicioso olor.

—¡Qué roscón más apetitoso! ¿Puedo probarlo? —pregunta impaciente.

—¡Lo he hecho yo! —anuncia orgullosa Cocotina.

—Si mamá no te hubiera ayudado, ¡no habría quedado tan bonito!

—En lugar de molestar a tu hermana —interrumpe

mamá Gallina—, vete a buscar a tu padre.

¡Es hora de cenar!

Cuando Crok y papá Gallo llegan, el roscón está cortado, listo para servir. Bajo la corteza dorada, Crok no puede resistir la tentación de buscar la sorpresa.

—Cocotina tiene un trozo más grande que el mío —se queja cuando le sirve mamá.

—¡Vamos, cariño, come y no seas tan pesado!

Con ojos golosos, cada uno empieza a picotear su trozo. De pronto, Cocotina se saca del pico un pequeño objeto brillante:

—¡ Tengo la sorpresa ! —exclama dando saltitos.

—Claro, como siempre —refunfuña Crok.

—Ahora tengo que elegir a mi rey —dice Cocotina—.

Será... ¡ mi papaíto querido !

—Olvidas que ya es rey del gallinero —farfulla su hermano mayor—. ¡Me parece a mí que dos coronas son muchas!

Crok está decepcionado, no termina su trozo y prefiere irse a dormir, protestando porque su hermanita siempre se lleva los honores.

Se duerme soñando en los tiempos en que Cocotina no había nacido aún. Entonces le tocaba siempre la sorpresa y escogía a su reina, siempre la misma, su mamaíta querida. De pronto mamá Gallina lo despierta sacudiéndole las plumas. ¿Qué pasa? El sol aún no ha salido.

—¡Rápido, Crok, despiértate! A tu padre le duele la garganta. ¿Puedes sustituirlo en el canto del gallo?

—¿ Yo ? ¿El canto del gallo?
¡Oh, claro, por supuesto !

Muy orgulloso. Crok se coloca en el centro del patio. Hincha el pecho y, bajo las miradas de admiración de su familia, lanza un quiquiriquí espectacular: ¡ese día, el rey es él!

¡Qué felicidad, asistir a la salida del sol! Finalmente, el astro se parece al más bello de los roscones. Y muy feliz, Crok ve incluso una pequeña sorpresa. ¡Es la estrella de los pastores que, en el cielo matutino, brilla como un diamante!

Las termitas
viajeras

Cuando llegó el buen tiempo, Orana y Bunduk, dos termitas encantadoras, abandonaron a sus compañeros y se pusieron a buscar un sitio donde instalar a su futura familia. Después de un largo viaje a través de Australia, descubrieron el lugar ideal: una gruesa rama de eucalipto, bien tiernecilla. Los dos insectos mordisquearon un poco la madera para recuperar fuerzas y a continuación se instalaron dentro de la rama. La familia aumentó enseguida.

Orana y Bunduk tuvieron uno, dos, cien, mil hijos.

A medida que la familia aumentaba, las termitas se comían un poco más del interior de la rama, que pronto estuvo agujereada de un lado a otro como si fuera una enorme flauta.

En aquellos tiempos, un aborigen australiano llamado Bur Buk Boon pasó por el bosque donde se habían instalado las termitas. Buscaba leña para hacer fuego y la gruesa rama de eucalipto le gustó mucho.

—Esta rama será un buen tronco para calentar a toda la familia —se dijo, cargándosela a la espalda.

En la rama, Orana, Bunduk y sus hijos estaban aterrorizados.

¿Qué les ocurriría ahora?

La noche era negra como la tinta cuando Bur Buk Boon llegó al campamento donde vivía con su familia. Para iluminarse y calentar a los suyos, se dispuso a encender un gran fuego al que arrojó la hermosa rama de Orana y Bunduk.

Las llamas crepitaban alegremente cuando Bur Buk Boon vio a las pobres termitas prisioneras de la rama de eucalipto que ardía alegremente. Pero Bur Buk Boon era un hombre bueno. Como todos los aborígenes, respetaba la naturaleza y a los animales.

—No puedo dejar morir a estos insectos —pensó de inmediato.

Rápidamente, sacó la rama del fuego, se la acercó a la boca y sopló un largo rato en su interior. Entonces se difundió una extraña música en la noche. Empujadas por el soplido de Bur Buk Boon, las pequeñas termitas salieron volando una a una, atrapando a su paso una minúscula astilla encendida para iluminarse en la negra noche.

Bur Buk Boon sopló mucho, mucho tiempo.

Y las termitas se elevaron hasta lo más alto del cielo, tan arriba que se quedaron allí enganchadas. Así fue como Orana, Bunduk y su familia crearon las estrellas, y la noche ya no fue del todo negra nunca más…

El pastel de los 4 amigos

El monito Alex prepara un pastel para la gran fiesta de su aldea.

En una cazuela, derrite el chocolate con la leche...

—Vaya, la botella de leche está vacía. ¡Voy a ir a ver a Julieta!

Julieta, la vaca, se alegra de recibir su visita. Le da leche a Alex, que vuelve a su casa a seguir cocinando.

Añadir mantequilla, azúcar y harina.

—Caramba, no tengo azúcar. ¡Me voy corriendo a casa de Josita!

Josita, la abeja, lo saca encantada de apuros: le da miel y Alex continúa con la receta.

Cascar cuatro huevos, separando la yema de la clara.

—Porras, me falta un huevo. ¡Salgo como una flecha a casa de Georgina!

Georgina, la gallina, se muestra feliz de ser útil. Busca un huevo bien fresco y Alex regresa a terminar su receta.

Esta vez no le falta nada. Alex mete el pastel en el horno.

—¡Toc, toc! —llaman a la puerta.

Es Julieta, que no consigue atarse su hermoso cencerro de plata. Para Alex es muy fácil, porque tiene dos manos.

—¡Toc, toc! —Es Josita, que no consigue cambiar la bombilla de una guirnalda eléctrica. Para Alex es fácil, porque tiene dos manos.

—¡Toc, toc! —Es Georgina, que no consigue sacar el ovillo de lana que se ha atascado en su trompeta. Para Alex es fácil, porque tiene dos manos.

—¡Hum, qué bien huele por aquí!

—exclaman de pronto a coro Julieta, Josita y Georgina. Alex sonríe.

—¡Es una sorpresa para la fiesta! Escuchad…

—Y se pone a susurrar al oído a sus amigas.

Cuando llega la noche, se encienden las luces en la aldea y se oye una banda tocar… De pronto, avanza un grupo curioso: sobre el lomo de Julieta, que hace sonar su cencerro de plata, Josita agita su guirnalda luminosa, Georgina sopla en su trompeta y Alex sujeta un magnífico pastel con la cola.

—¡Acercaos, buenas gentes! ¡Venid a probar el pastel de los cuatro amigos! ¡Pero no preguntéis la receta, que es secreta!

La estrella de la sabana

—¿No te parece que soy bella y esbelta, elegante y rápida? —pregunta la gacela, pavoneándose ante una cigüeña.

—Desde luego, pero hay miles como tú —responde el ave migratoria contemplando los miles de gacelas que hay a su alrededor.

—Ya lo sé, y no soporto ser una más entre tantas… —suspira la muy coqueta.

Si vienes al lugar del que vengo, a los bosques del norte, destacarías. ¡Serías única!

¡No hacía falta más para que la gacela se decidiera!

Iniciando la marcha en primavera, tarda varios meses en atravesar los territorios que la cigüeña sobrevuela en unas semanas.

143

De modo que, cuando llega a los bosques del norte, el verano se ha terminado.

La gacela se estremece, pero no importa. Da vueltas y salta de manera tan grácil que pronto no se habla más que de ella:

—¡Qué estilo, qué gracia! —murmuran.

—Me parece que somos un poco primos —dice tímidamente el rebeco.

—¡Estará usted de broma! Yo salto mucho más alto que usted. Soy más esbelta que la cierva y más elegante que el ciervo —presume ella.

Y ante una corte de admiradores, la gacela se inventa una vida extraordinaria en la sabana. Cuando le advierten que tenga cuidado con los lobos y los osos, ella responde con desprecio:

—Nunca han conseguido atraparme ni los leones ni los guepardos. ¡Así que no me van a asustar esos pequeños predadores vuestros!

Llega el otoño y después el invierno. La gacela tiembla cada vez más. Sus admiradores se van marchando uno por uno a hibernar y los demás, hartos de sus fanfarronadas, la abandonan.

Por la noche la asustan gritos desconocidos. Se le sale el corazón del pecho. Le gustaría esconderse en alguna parte pero... ¿dónde?

De pronto, se siente tan sola que rompe a llorar. Entonces, la silueta gigantesca de un oso grizzli se alza ante ella:

—¡Por fin te encuentro! He oído hablar mucho de ti —gruñe, relamiéndose.

Aterrorizada, la gacela huye tan deprisa y tan rápido que pronto vuelve a estar en su sabana.

La cigüeña, que también ha vuelto a África, ve a nuestra gacela, que está contando su viaje, rodeada de admiradoras:

—Mis amigos no querían dejarme marchar. Y esa manada de lobos que me perseguía... Ya os imaginaréis que los despisté en unos segundos.

¡Y el grizzli! ¡Un MONSTRUO, amigas mías!

Me reí de él en sus narices. ¡Los ciervos no se lo podían creer!

—Vaya —se dijo la cigüeña, divertida—. No es eso lo que se cuenta en el norte. Pero después de todas las molestias que se ha tomado, ¡no seré yo la que estropee la leyenda de la nueva estrella de la sabana!

145

Noche de
pánico

Por la noche, Ben el corderito no consigue dormirse. Su papá ronca, su mamá estornuda, su hermano Alex rueda por encima de él y su hermana Adela bala en sueños.

—¡Caramba! —protesta Ben—, esto no puede seguir así. ¡Tengo que encontrar un sitio tranquilo para pasar la noche!

Se levanta y abre la puerta del establo.

—¡AAAAAHHHH!

Una enorme araña se balancea sobre su nariz y extiende sus patas negras y velludas...

¡Horror! El corderito vuelve a cerrar rápidamente la puerta con el corazón acelerado.

—Será mejor que me refugie en el granero.

Los travesaños de la escalera crujen bajo sus pezuñas. Una lechuza ulula sobre el reloj.

De pronto, surge un murciélago tras una viga y se precipita sobre Ben en un zigzag.

—¡AAAAAHHH! —grita el corderito. Pataplum, se cae de la escalera cuan largo es—. ¡Ese bicho asqueroso me ha hecho cosquillas en las orejas!

Cada vez más intranquilo, Ben se dirige pasito a paso hacia el pasillo. Un olor a humedad y a pis de ratón le cosquillea en la nariz. De pronto, una enorme rata toda cochina se cuela entre sus patas. A continuación un gato hambriento salta de un armario y se lanza sobre la presa. ¡Crunch! En un bocado, se acabó el asunto.

—¡AAAAAHHHH!

—explota el corderito—. ¡Ahora estoy seguro de que voy a tener pesadillas toda la noche!

Hecho un guiñapo, avanza prudente hacia el fondo del establo cuando dos fantasmas surgen de la paja.

—¡Uhhh! ¡Uhhh! Corderito, deberías estar acostado. ¡No nos gusta que nos despierten, te vas a arrepentir! —dicen soltando una risa siniestra mientras avanzan amenazadores.

Ben empieza a temblar de pies a cabeza, pero los dos fantasmas se echan a reír. Un poco enfadado pero aliviado, Ben reconoce a Alex y a Adela, que se han disfrazado con sus sábanas.

En el montón de paja hay tres corderitos dormidos: con la cabeza sobre el hombro y la oreja contra la mejilla. Se mueven y se agitan, claro, pero eso, contra el miedo, ¡es pura magia!

Tras el rastro de Gurik

★ **D**esde hace semanas, al borde del acantilado, Gwel la gaviota escruta el horizonte. Su hermana Gurik, que se ha ido de pesca con un grupo de amigas, no ha vuelto aún.

—No volverá —le auguran todos los días.

—¡Entonces iré en su busca! —decide Gwel, alzando el vuelo.

Desde lo alto puede ver muy bien las zambullidas de un cormorán.

—¿Has visto una bandada de gaviotas? —le pregunta.

—Sí, han pescado por aquí y se han marchado hacia el sur.

Gwel continúa su ruta y pronto vuelve a descender hacia una ballena jorobada para preguntarle.

—Han despegado cuando empezó la tormenta —le dice—. Las vi dispersarse y desaparecer entre las negras nubes.

—Ahí es donde debió perder a los demás —piensa Gwel con el corazón en un puño.

Más allá, las focas se lo confirman:

—Sí, estaba sola. Nos fijamos porque nunca se ven aves tan lejos de la costa. Tenía un aspecto débil y perdido. Se dirigía al norte, pero torció hacia el este.

Gwel vuela desde hace varios días sin comer nada, pues ya no tiene fuerzas para pescar. No se atreve siquiera a descansar flotando en el agua: los tiburones se la comerían de un bocado.

Un día, se levanta una tormenta. Gwel, agotada, trata de encontrar las corrientes favorables para planear sin esfuerzo. Por desgracia las ráfagas de aire la empujan sin piedad hacia el océano desatado.

De pronto avista un barco de pesca. «Los hombres son tan peligrosos como los tiburones», piensa la gaviota.

«¡Pero es mi última oportunidad!»

Y se deja caer sobre el puente, incapaz de seguir moviéndose.

Una enorme mano la atrapa. Ella intenta darle un picotazo, pero el hombre le mantiene el pico cerrado, la lleva a la cabina y la instala en un cajón. Cada día Gwel recibe una ración de pescado. Ya no tiene miedo y acepta las caricias sobre el plumaje.

Una mañana, la sacan del cajón.

—Está muy recuperada —dice su benefactor.

—Podemos soltarla, como a la otra a la que acabamos de quitar el vendaje —responde una voz desconocida.

Al otro extremo de la cabina, Gwel reconoce a su hermana que se sacude y despliega las alas que le han curado los marineros cuando cayó sobre el barco una noche de tormenta. Las dos gaviotas se arrojan una sobre la otra dando gritos de alegría.

—¡Es increíble! —exclama Gurik—.

La tormenta nos ha traído al mismo barco con un mes de intervalo.

—Sabía que te encontraría —grita Gwel, chasqueando el pico.

Otto,
el pequeño ornitorrinco

En algún lugar de Australia, al fondo de una madriguera, acaba de abrirse un huevo. Y de ese huevo ha salido un animalito muy curioso. Con pico de pato, patas palmeadas, cuerpo peludo y cola de castor: ¡es Otto, el pequeño ornitorrinco!

Muy pronto Otto ya es lo bastante grande como para salir de la madriguera. ¡Qué bonito es todo a su alrededor! Pájaros multicolores cantan en los árboles. Mil peces plateados nadan en el río. Otto se inclina sobre el agua y… ¡catástrofe!

—¡Mamá, hay un monstruo en el río! —grita Otto.

—Pero Otto, si lo que estás viendo es tu imagen reflejada…

Otto se queda hecho polvo. ¡Es el animal más feo, peor hecho y más ridículo de toda la tierra!

Pasan las semanas. Otto se deprime. Entonces, un día, decide marcharse de viaje para tratar de encontrar en alguna parte un animal tan mal hecho como él. Si existiera, se sentiría un poco menos solo...

Otto nada mucho tiempo por el río. Atraviesa caminando llanuras, sabanas, selvas. Ve koalas, canguros, cocodrilos y grandes iguanas no muy bonitas. ¡Pero ninguno le parece tan grotesco como él!

Entonces una mañana, Otto llega a un lago en medio de un bosque. Se mete en el agua y allí ve a la más bonita, a la más encantadora y graciosa de las criaturas. Con sus patas palmeadas y su cola de castor, ella se dirige al agua como un cohete. Con su pico de pato, rebusca en la arena con gran elegancia. ¡Y su piel toda despeinada le da un aspecto muy pillín!

No hay duda, es la criatura más perfecta del mundo...

La señorita se fija en él enseguida:

—¡Hola! —dice—. ¿Puedo saber qué viene a hacer a estos lugares un muchacho tan guaperas como usted?

¡Otto está tan asombrado que traga agua! Sale rápidamente a la orilla, donde la señorita se reúne con él.

—Ha mirado usted mal —tose Otto—. Usted es preciosa, mientras que yo no soy nada guapo. Soy un monst...

—¡Shh! —le interrumpe la joven—. ¡Mire!

E, inclinándose sobre el lago, le muestra su reflejo que bailotea en el agua.

— Oh, dice Otto, sorprendido—. Si somos...
— ¡Exactamente iguales!
—dice la señorita ornitorrinco.

Así fue como Otto olvidó sus preocupaciones y se convirtió en el más feliz de los papás ornitorrincos. Pues unos meses más tarde, al borde del lago, nacieron unos bebés preciosos. ¡Con pico de pato, patas palmeadas, cuerpo peludo y cola de castor!

Un
Supermurciélago

⸎richi, el murciélago, está harto: todos los niños le tienen miedo. Así que se pone a mirar tebeos y dibujos animados para buscar una idea con la que conquistarlos. La solución aparece muy rápido:

¡para salirse de lo normal,
debe convertirse en un superhéroe!

Trichi cumple las tres primeras condiciones. Puede volar perfectamente y posee dos poderes excepcionales: ve de noche y oye hasta el menor ruido.

Lo demás es más complicado, pero Trichi decide ponerse a ello. Le falta:

Condición n° 4: Descubrir un nombre que desafíe todos los peligros.

Todos los superhéroes tienen nombres ingleses. Trichi llama por teléfono a Edwin, el lemming, que le dice que murciélago en inglés se dice «bat».

¡Pues Superbat será un nombre perfecto!

Condición n° 5: llevar un traje digno de ese nombre.

Trichi se va en busca de Diana, la araña, que le toma medidas y le tricota en ocho zancadas una máscara de encaje y una capa dorada que hace destacar sus grandes orejas. ¡Qué maravilla!

Condición n° 6: Ir acompañado de un fiel compañero.

Trichi decide pedírselo a Olga, la lechuza. Ella no está muy convencida. Pero cuando Trichi le promete que su papel se limitará a vigilar y a avisarle en caso de peligro, Olga no es capaz de negarse.

Condición n° 7: Luchar contra un enemigo mortal.

No hace falta romperse la cabeza con este asunto: como todo buen murciélago, Trichi desconfía de las serpientes. ¡Ya ha encontrado a su enemigo! Trichi está tan contento con sus hallazgos que decide pelear enseguida para convertirse en un auténtico superhéroe. Pide a Olga que vigile a Vicenta, la serpiente.

Cuando oye ulular a la lechuza, Trichi hace chasquear su capa dorada y se posa delante de la serpiente, con las garras fuera.

—¡Soy yo, Superbat! ¡Prepárate a pelear! —grita.

—Pero ¿por qué quieres atacarme? No te he hecho nada. Me iba a ir de paseo —lloriquea aterrorizada la serpiente.

Vicenta parece estar francamente disgustada. Trichi se disculpa con aire avergonzado y vuelve a esconderse en su granero.

Antes de acostarse, comprende que también a veces puede equivocarse: las serpientes dan miedo a los niños, pero no por eso son siempre malas.

—¡Lo prometo y lo requetejuro! Mañana encontraré un nuevo enemigo mortal. ¡Palabra de Superbat!

A la luz de la luna

Historia 58

—¡Vamos, fuera!

Mamá Castor trataba de mostrarse firme, pero tenía ganas de llorar. Esa noche, su hijo tenía que marcharse, como todos los castores que se hacen mayores.

Tras echar una última mirada a la cabaña familiar, Pío se marchó. Empezaba para él una vida de vagabundo: iba a tener que esconderse durante el día y desplazarse por la noche en medio de mil peligros, hasta que encontrara un lugar donde construir su refugio.

El pequeño castor caminó y nadó durante toda la noche. Cada vez estaba más desanimado: todos los territorios que atravesaba estaban ocupados.

Varias veces trató de que lo acogieran, pero lo echaron de todas partes con cajas destempladas.

Cuando salió el sol, Pío se escondió bajo un montón de ramas. Pensaba en su infancia perdida. Los castorcitos son los niños mimados de la familia. Todo el mundo los cuida, los protege, les lleva golosinas. Y su mamá le daba todos los caprichos. ¿Por qué le habían obligado a marcharse?

Cuando llegó la noche, salió prudentemente de su escondite y reemprendió el camino. Se sentía débil y cansado. No había comido casi nada desde que se marchó. ¿Dónde estaban las deliciosas hojas de álamo o de sauce que tanto les gustaban a él y a sus hermanos y hermanas?

De pronto, Pío sintió que se deslizaba. ¡Se lo llevaba un torrente de barro!

El pequeño castor creyó que había llegado su hora. A cada momento estaba a punto de chocar contra las rocas o de ahogarse en los tumultuosos remolinos.

Después, todo se calmó. Completamente aturdido, consiguió llegar a un islote en medio del río y se tumbó en el suelo, agotado. Entonces, un perfume delicioso le hizo cosquillas en la nariz. Bajo la claridad de la luna, vio las hojas de un álamo temblón.

¡ Hummm, iba a ponerse las botas !

Pío se puso de pie, tendió la pata e iba a coger una hoja tierna cuando vio a otro castor tan embarrado como él. ¡Qué desilusión! Acababa de encontrar un territorio libre donde, menuda suerte, crecía un álamo temblón, y resulta que aparecía otro castor… En ese momento, el desconocido se puso también de pie. Cogió una hoja de álamo y, ante el asombro de Pío, se la tendió.

—Me llamo Pía —dijo, moviendo las pestañas arriba y abajo.

De pronto, Pío supo por qué su mamá le había dicho que se marchara.

Su corazoncito de castor le dio un salto en el pecho…

¡Sálvese el cangrejo que pueda !

—¡Y sobre todo, queridos míos, tened mucho cuidado con los niños!

—Sí, mamá —suspira Cangriazul.

—No te preocupes —añade Cangrirrojo.

Todos los veranos pasa lo mismo: cuando llegan las vacaciones, mamá Cangrejo se vuelve loca de preocupación al pensar que unos niños horribles puedan pisar a sus pequeños.

Cangriazul mira de reojo a su madre, que se ha instalado cómodamente sobre la Gran Piedra y cierra los ojos… Sin duda se va a echar una siestecita.

¿Y si aprovecháramos ?

Cangriazul se vuelve hacia su hermano.

—Voy a hacer una expedición a las rocas, ¿te vienes?

—¡Voy corriendo!

Cangriazul y Cangrirrojo se van hacia las rocas, donde se encuentran unas gambitas deliciosas. Pero para llegar, tienen que sortear a la gente tumbada en sus toallas.

Cangrirrojo acaba de rodear una bolsa de playa cuando, de pronto, una mujer grita:

— ¡Aaaaay, un cangrejo!

—¡Lo quiero! —dice una voz de niño.

¡Menuda catástrofe!

A Cangrirrojo lo cogen por una pinza y lo meten en un cubo de plástico.

Ve sobre él un enorme rostro que sonríe de un modo que al cangrejito le parece terrorífico.

—¡Mira, mamá, he cogido un cangrejo! Voy a darle agua.

¡Splash!   Una cascada cae sobre la cabeza de Cangrirrojo.

El cangrejito cree que se ahoga bajo un litro de agua salada.

Mientras tanto, Cangriazul, aterrado, se ha escondido debajo de un rastrillo.

¿Qué puede hacer para salvar a su hermano?

El inmenso niño echa ahora arena en el cubo.

¡Qué horror! Cangrirrojo se va a asfixiar!

—Lucas, deja tranquilo a ese bicho —suspira su madre.

Pero el niño coge unas algas y las mete en el cubo:

— ¡Toma, cangrejo, come!

Esto no puede ser: hay que actuar.

— ¡Aguanta, Cangrirrojo, que ahí voy!

Sin pensar en nada, Cangriazul corre hacia Lucas

con las pinzas en ristre, y le pellizca

el muslo. Lucas da un salto y vuelca el cubo.

— ¡Ay, ay, ay!

¡Viva! ¡Cangrirrojo está libre!

Rápidamente, los hermanos corren hacia su madre, pero Lucas grita:

— ¡Cangrejos malos! ¡Os cogeré!

Armado con una red, el niño se lanza a perseguirlos soltando un grito de guerra.

Los cangrejos corren y pasan junto a una niña que hace flanes.

La niña intenta golpearlos con la pala. ¡Paf! Pero felizmente los hermanos son rápidos y escapan de lado.

Por fin llegan al mar y se sumergen entre las olas.

— ¡Uf, ya no hay peligro!

¡Qué error! Dos piececitos saltan detrás de Cangrirrojo y Cangriazul, levantando arena y ristras de burbujas: es Lucas, que los está buscando. Su red entra en el agua y los cangrejos tratan de evitarla.

Avanzan a ciegas y, cuando el agua vuelve a estar clara, ven las rocas, ¡el paraíso de los cangrejos! Por los pelos…

Los hermanos salen del agua con precaución. Echan un vistazo hacia la playa. Lucas ha abandonado la caza. Está con su madre y se come un buñuelo.

—¡Estamos salvados!

—susurra Cangrirrojo.

Los cangrejos se instalan en un charquito tranquilo. Están tan agotados que ya no tienen ganas ni de pescar gambas.

Cuando se unen a mamá Cangrejo, ella acaba de despertar de la siesta.

—¿Va todo bien, niños? ¿Habéis sido buenos?

—Muy buenos —miente Cangriazul.

—Mamá —suspira Cangrirrojo—. El año que viene, en vacaciones, ¿podríamos ir a la montaña?

La clase voladora

Ayer, el maestro decidió darnos una clase voladora.

—La clase en el mar está pasada de moda. ¡Montad en mi alfombra mágica y vayamos a dar la vuelta al mundo!

Era cierto, había una alfombra muy grande en medio de la clase, bordada con hilo de oro. Todos nos montamos encima y…

Uizzzz, la alfombra salió volando. ¡De verdad! Julia, que estaba en el borde, pidió a Abdel que se cambiara de sitio con ella porque tenía miedo. En cuanto él se sentó, ¡llegamos a Marruecos! Hacía calor. El maestro encargó té a la menta y lo tomamos con pastelillos de almendra. ¡Buenísimo!

Uizzzz, volvimos a despegar. Esta vez, Chen quiso pasar delante y muy pronto nuestra alfombra aterrizó sobre la muralla china. ¡Era maravillosa! Vimos a gente que hacía una gimnasia muy lenta, muy bonita, e hicimos lo mismo que ellos, sin movernos de nuestra alfombra.

¡Uizzzz, había que despegar otra vez!

—Hay ciento noventa y dos países —dio el maestro—. No tenemos tiempo que perder. Stephen, que se mareaba, se sentó delante. Rápidamente aterrizamos en Estados Unidos, en lo alto del Gran Cañón. A todos nos dieron escalofríos a causa del vacío, y cerramos los ojos rogando no caernos.

Uizzzz, otra vez de viaje. María, que es pequeña, quiso colocarse delante para disfrutar del paisaje, y llegamos a los Andes. Con una flauta de Pan, un pastor tocaba una melodía muy dulce. Estuvo bien, porque empezábamos a estar muy cansados... Y todos nos dormimos durante el viaje de vuelta.

Cuando dije a mis padres que habíamos ido de clase voladora, no me creyeron. Peor para ellos, pues mañana volveremos a partir para visitar los ciento ochenta y ocho países que nos quedan por ver. Y el maestro ha dicho muy clarito:

—Traed los anoraks.

Allá donde vamos puede hacer mucho frío

¡Nuestro programa volvió a ser muy apretado!

Un regalo para Maya

Maya era una niñita mexicana muy guapa que llevaba un sombrero todos los días, hasta los fines de semana. Estaba orgullosa de lucirlo porque tenía muchos colores. Cuando se paseaba por la calle, el sombrero le daba un aspecto muy coqueto. Cuando comía sus tortillas bajo el calor, la protegía de los rayos de sol. Le gustaba tanto su sombrero que se lo dejaba puesto hasta por la noche para dormir.

Una noche, asomada a la ventana y con el sombrero en la cabeza, contemplaba cómo se ponía el sol con ojos adormilados.

—BUENAS NOCHES, SEÑOR SOL, TEN BONITOS SUEÑOS.

Iba a meterse en la cama cuando una voz triste le respondió:

—¡Si pudiera cerrar los ojos y dormir un poco…!

—¿A dónde vas cuando desapareces en el horizonte?

¿No vuelves a casa?

—Ah, no, pequeña Maya. Me voy a iluminar otros lugares…

Y el señor Sol desapareció, llevándose consigo sus luminosos rayos.

Entonces Maya tuvo una idea un poco loca. Esperó con impaciencia el atardecer del día siguiente y cuando el sol estuvo bastante bajo, he aquí lo que le propuso:

—Brillarás todo lo que puedas, y cuando estés cansado, no tendrás más que llamarme. Te lanzaré mi sombrero muy alto, y así él te tapará mientras duermes.

El señor Sol se sintió muy conmovido por la niñita, pero antes de aceptar su idea, pensó en Maya y en su sombrero preferido:

—No puedo aceptar, tu sombrero preferido puede estropearse…

—Pero señor Sol —le respondió la niña—.

Si no duermes un poco, un día no tendrás fuerzas para iluminar el cielo y todo se quedará oscuro. ¡Y mi sombrero no me servirá de nada!

Sin sol, ya no necesitaré sombrero para protegerme del calor. Y además, si es de noche todo el tiempo, ¿cómo sabré en qué momento me tengo que ir a dormir?

Entonces el sol aceptó.

Para darle las gracias a la niña, le regaló un sombrero aún más bonito:

¡UN MAGNÍFICO SOMBRERO MEXICANO!

En la calle, todos los mexicanos vieron aquel gran sombrero de paja sobre la cabeza de Maya.

Ella avanzaba sin temer los rayos del sol, pues el ala tan ancha del sombrero le proporcionaba una sombra maravillosa.

Todos quisieron tener uno igual y le preguntaron que de dónde lo había sacado. Pero, bajo el sol de México, la bonita Maya guarda en secreto la historia de su sombrero.

La rebelión
del bolígrafo

—¡Y ahora, el dictado!

Como de costumbre, Juan sintió que lo invadía el miedo. Nervioso, cogió su bolígrafo. Al menos intentó hacerlo… Una, dos, tres veces puso la mano sobre la mesa tratando de coger el bolígrafo azul que se le escapaba rodando de derecha a izquierda.

—Ya está bien, Juan —dijo la maestra.

— ¡Es que se escapa el bolígrafo!

—Cuando un bolígrafo mancha, se dice que pierde tinta, no que se escapa —le corrige ella—. ¡Lo copiarás diez veces! Juan baja la cabeza sin atreverse a contradecirla.

— ¡Bien hecho! —dice bajito una voz.

Juan se sobresalta: ¡apostaría a que su bolígrafo acaba de hablarle!

—¡Sí, soy yo! —murmura este último como si adivinara sus pensamientos.

—¡Caramba! —exclama el niño.

Mira a su alrededor, pero nadie se ha dado cuenta.

—Qué... —empieza a decir el bolígrafo.

—¡Yo también hablo!

—Eh, tijeras, deja de cortarme la palabra —protesta el bolígrafo, molesto.

Juan se asegura de que la maestra está mirando hacia otro lado y susurra:

—Pero bueno, ¿qué es esto?

—Díselo tú —le dice el bolígrafo enfadado al tubo de pegamento.

—Ah, no —contesta el otro, ofendido—. Siempre me toca a mí.

Entonces el bolígrafo da un salto y le dice a Juan:

—Esto es lo que pasa: ¡estoy harto! Cada vez que hay dictado, me mordisqueas, me tiras al suelo o me aplastas.

—Pero no lo hago a propósito... —murmura contrito el niño.

—No me interesa saberlo. ¡Me pongo en huelga!

Intervienen los lápices de colores:

—¡Vamos, vamos, no hay que verlo todo negro!

—Es verdad —dice Juan—, te pido perdón, pero es que el dictado me pone de los nervios.

El bolígrafo se hace el interesante y no quiere contestar. La regla se acerca a él y dice:

—Hay que hacer renglón y cuenta nueva. Juan lo siente y nadie puede hacer nada sin ti.

El bolígrafo balbucea:

—Calla, que me haces ruborizar...

La regla continúa:

—¡Además, podrías ayudarlo!

—Bueno, es verdad que entiendo de palabras... —sonríe el bolígrafo.

Se vuelve entonces hacia Juan:

—Mira, yo me ocupo de la ortografía y tú no me muerdes más, ¿vale?

—¡Vale! —dice Juan, encantado.

De un salto, el bolígrafo se coloca en su mano.

—¡Mejor! En realidad, a los bolígrafos no nos gusta que nos tachen.

Desde ese día, Juan ya no hace faltas y no le tiene ningún

miedo a los dictados.

¡**Menuda** maestra!

¡**S**e acabaron las vacaciones! Mañana por la mañana es la vuelta a clase. Zoe se acuesta con el corazón un poco encogido. Da vueltas y más vueltas en la cama, se hace un lío con las sábanas y al final acaba durmiéndose…

¡Ring, ring! Ya es por la mañana.

Zoe se levanta bostezando, se viste, desayuna y se marcha a la escuela.

Todos sus compañeros están reunidos en el patio con los ojos muy abiertos. Junto a la directora hay una señora de cabello rojo y vestido negro, encaramada en unos zapatos de tacón puntiagudos.

—Os presento a vuestra nueva maestra, la señora Zaza —anuncia la directora—. ¡Sed buenos, porque es muy severa!

Mientras se instalan en la clase, Zoe y sus amigos cuchichean todo lo que pueden.

—Qué rara es la nueva maestra…

—¡Sí! Me recuerda a una…

—¡SILENCIO! —grita entonces la señora Zaza.

Impresionados, todos los niños se callan. Los cabellos de la maestra se alzan como serpientes sobre su cabeza y se le han puesto los ojos rojos y brillantes.

—¡Sacad los cuadernos! —ordena con voz chirriante.

Zoe y sus compañeros obedecen. Pero Víctor, que es un despistado, se los ha olvidado en casa.

—¡Cabeza de chorlito! —vocifera la maestra, tendiendo el dedo ganchudo hacia el niño. Y de pronto, Víctor se transforma en un chorlito.

—¡Oh! —murmura Julia, abriendo la boca como un besugo.

—¡Besugo! —grita la maestra.

Y Julia se convierte en besugo.

Néstor se pone a llorar.

—¡Cocodrilo! —silba la señora Zaza, y Néstor se transforma en cocodrilo.

La terrible maestra se acerca entonces a Zoe y la mira fijamente con sus ojos rojos.

—¡Y tú, pedazo de pequeña…!

—¡Aaaah! —grita Zoe, despertándose sobresaltada en su cama.

Pues todo aquello no era más que un sueño. Tranquilizada, desayuna y se va a la escuela.

Pero ¿qué ve en el patio? A una señora de cabello rojo, con vestido negro, encaramada sobre unos zapatos negros puntiagudos: ¡la nueva maestra!

177

Bajo
los cascos del
caballo

—¡Pablo, ven a ver! —susurra Martín, temblando de nerviosismo.

Guía a su amigo hasta el castaño del patio de recreo y le enseña una vieja inscripción grabada al pie del tronco: «El general está escondido bajo los cascos del caballo».

—Es un mensaje codificado. ¡Hay un tesoro en el colegio!

A los dos niños se les ocurre la misma idea. Corren hasta el vestíbulo de entrada y palpan el retrato de Carlomagno a caballo. Ni rastro de escondite alguno. En el gimnasio, bajo el pesado potro, tampoco hay nada.

Con las manos vacías, los niños recorren el gran pasillo de la escuela. Pablo mira distraídamente los retratos de los antiguos directores…

y grita de pronto: —¡Ya lo tengo!

En una foto amarillenta está escrito: Emilio Caballo, 1952-1964.

—Hay que registrar el despacho del director. El tesoro está bajo los cascos del caballo… ¡es decir, bajo los pies del director!

Con el corazón acelerado, los niños empujan la puerta del despacho. ¡Sí! ¡Está vacío! Se deslizan bajo la mesa, quitan la alfombra, levantan una plancha del parquet ¡y descubren un general de soldados de plomo con uniforme de gala!

Entonces una voz como un trueno exclama:

—¿Qué diablos estáis haciendo?

¡El director! Martín, asustado, suelta su tesoro. El director lo recoge y da un grito de sorpresa:

—¿Dónde habéis encontrado a mi general?

Pablo lo explica entre tartamudeos.

—Cuando tenía vuestra edad, estudiaba aquí. Un día, un compañero me robó este general. Lo busqué por todas partes… Salvo bajo los pies del señor Caballo. ¡Yo nunca me habría atrevido!

Pablo y Martín bajan la mirada. El director sonríe:

—Por esta vez,

os perdono para agradeceros

que hayáis resuelto este viejo misterio.

Quedaos con el general.

A continuación, abre un cajón de su escritorio y saca diez hermosos soldados:

—¡Llevaos también el resto de la compañía, que esperaba desde hace cincuenta años las órdenes de su jefe!

Historia 65

¡Buenas noches, niños!

El vendedor de arena había envejecido. Era tan viejo que se dormía muy temprano por las noches, antes de haber repartido su arena. ¡Menudo fastidio! Un día, llamó a su nieto y le dijo: —Tienes que empezar a sustituirme; soy demasiado viejo para este oficio.

Muy orgulloso, el niño partió a hacer su ronda en lugar de su abuelo. Pero no sabía contar. Así que hizo lo que le pareció. Unos niños solo recibieron tres granos de arena y no pegaron ojo en toda la noche. ¡Otros durmieron una semana porque el aprendiz de arenero les había echado diez kilos de arena sobre la almohada!

Al ver aquello, el abuelo movió la cabeza:

—Un vendedor de arena que no sabe contar es un desastre. Voy a apuntarte en la escuela para que aprendas cálculo.

Así fue como el nieto del vendedor de arena se encontró en una clase.

A B C
a b C

$7+3=$
$4+6+2=$
$+2=10$

Por supuesto, nadie sabía quién era. Pronto se convirtió en un buen alumno e hizo muchos amigos. Le gustaba tanto la escuela que un día dijo a su abuelo:

—Sabes, no quiero ser vendedor de arena. ¡Quiero ser maestro!

—¡ Qué desastre !

—respondió el abuelo bostezando (pues cada vez tenía más sueño). Si no hay vendedor de arena, ¿cómo quieres que los niños duerman por la noche?

El nieto reflexionó y dijo:

—Tienes razón… ¡Bueno, pues entonces haré los dos oficios a la vez !

Desde ese día, el joven arenero pasa todas las noches por las casas. Reparte a cada niño una dosis muy bien calculada de arena: ni demasiada, ni demasiado poca. A continuación, se sienta en la cama junto al niño dormido, abre sus cuadernos y le relee en voz baja todas las lecciones del día. Desde entonces se sabe que el sueño es importante, ¡porque permite que cada noche nos volvamos más listos y más inteligentes!

El cumpleaños de Nolan

Hoy es el cumpleaños de Nolan. Mamá le ha prometido que lo celebrarán el domingo en familia con el abuelito y la abuelita. Es estupendo, pero a Nolan le habría gustado hacerlo también en la escuela, como sus compañeros.

—¡No, cariño! —ha dicho mamá—. Como tienes cinco hermanos y hermanas, no podemos permitirnos celebrar dos veces los cumpleaños.

¡Eso es lo que pasa con las familias numerosas! A Nolan no le parece mal: le gusta tener siempre a alguien con quien jugar. Pero esta mañana, le habría gustado soplar las velas delante de toda la clase y oírlos cantar:

«¡Cumpleaños feliz…!»

Se siente un poco triste cuando entra en el patio. Además, cuando se une a sus amigos Max y Pedro, ellos ni siquiera le preguntan por qué tiene esa cara.

Pero lo peor llega un poco más tarde, cuando la señorita López, la maestra, pregunta si todo el mundo tiene el material para hacer el proyecto del día.

A Nolan se le acelera el corazón. ¡No ha traído nada! Ha pensado tanto en su cumpleaños que no ha hecho los deberes. ¡Y estaba tan distraído que no ha pensado en el proyecto! No hay duda de que lo van a castigar. Siente que los ojos se le llenan de lágrimas mientras sus compañeros rebuscan en las carteras.

—Nolan, ¿puedes recordarme en qué proyecto vamos a trabajar hoy? —pregunta la señorita López.

Nolan echa un vistazo a la mesa de su vecino. Ve un huevo y trata de adivinar:

—¿La reproducción de las gallinas?

Toda la clase estalla en carcajadas y él se ruboriza.

—Mira mejor —dice amablemente la maestra.

Nolan ve entonces sobre los demás pupitres harina, azúcar, chocolate, bebidas y caramelos. No entiende nada… Entonces Max, que no aguanta más, grita:

—¡Es el proyecto «una tarta para Nolan»!

—Y vamos a hacerla juntos —continúa Pedro, muy nervioso.

Mientras Nolan siente cómo lo embarga la alegría, toda la clase se pone a cantar:

—¡Cumpleaños feliz…!

El castigo fantasmal

Empieza el nuevo curso. Max, que acaba de mudarse de casa, cambia de colegio.
Cuando llega a su nueva clase, todos los alumnos ya han cogido sitio unos al lado de
otros. Así pues, Max va a instalarse solo en el fondo de la clase.

Mientras escribe lo que dice la maestra, oye que alguien lo llama:

—Psstt…

Max mira a su alrededor pero no ve nada, así que vuelve a su cuaderno.

—Psstt… —vuelve a oír, muy cerca.

Intrigado, el niño observa el asiento vacío que tiene al lado. Ve entonces
un pequeño fantasma que le sonríe.

—¿Quién eres? —le pregunta Max.

—Soy Revolo, el fantasma del colegio. Tú eres nuevo, ¿no?

—Sí —responde Max—. Acabo de llegar. ¿Qué haces tú aquí?

—Yo me suelo aburrir, así que vengo a miraros.

Max está tan absorto en la conversación que no se ha dado cuenta
de que la maestra ha dejado de
hablar.

Cuando finalmente alza la
vista, se cruza con su
mirada furiosa.

—¡Está prohibido charlar! ¿Qué castigo te pondré?

Max se queda hecho polvo: ¡la maestra lo va a castigar el primer día!

—¡Espera, ya verás!

—grita Revolo, mientras la maestra rebusca entre sus papeles para encontrar un castigo adecuado.

El pequeño fantasma vuela hasta la tarima y sopla sobre las hojas de la maestra. Esta corre de un lado a otro para recuperarlas. Revolo aprovecha para abrir las ventanas. La maestra se precipita a cerrarlas. Cuando vuelve a la tarima, está hecha un lío. No sabe en qué estaba pensando ni sabe ya dónde está. Se vuelve hacia la pizarra donde Revolo ha escrito una conjugación.

—Ah, sí,
estaba conjugando el verbo «amar»
—cree recordar.

La maestra continúa la lección como si no hubiera pasado nada. Max respira aliviado. Se ha olvidado completamente de él. Revolo le guiña un ojo antes de atravesar la pared. ¡Uf! Max no solo se ha librado del castigo, sino que ha encontrado a un nuevo amigo.

Tabla

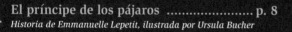

El príncipe de los pájaros .... p. 8
Historia de Emmanuelle Lepetit, ilustrada por Ursula Bucher

La Bella y los Apestosos .... p. 12
Historia de Élisabeth Gausseron, ilustrada por Delphine Vaufrey

Miss Princesa 1762 ....p. 14
Historia de Sophie de Mullenheim, ilustrada por Bruno Robert

Leo, el caballero sin miedo .... p. 17
Historia de Nathalie Somers, ilustrada por Vanessa Gautier

Zoe y el espejo mágico .... p. 20
Historia de Anne Gravier, ilustrada por Gretchen von S.

Juana y el príncipe mentiroso .... p. 23
*Historia de Élisabeth Gausseron,
ilustrada por Aurélie Blard-Quintard*

La princesa Pi-Elsu-Ave .... p. 26
Historia de Nathalie Somers, ilustrada por Aurélie Blard-Quintard

La princesita que no soñaba .... p. 29
Historia de Éléonore Cannone, ilustrada por Ursula Bucher

Baile de disfraces en el castillo .... p. 32
Historia de Charlotte Grossetête, ilustrada por Gretchen von S.

El país de la Grisalla .... p. 35
Historia de Sophie de Mullenheim, ilustrada por Evelyne Duverne

La tortuga y el príncipe .... p. 38
Historia de Charlotte Grossetête, ilustrada por Stéphanie Ronzon

de materias

¡Descuélgame la luna! .... p. 40
Historia de Florence Vandermarlière,
ilustrada por Quentin Gréban

El reino de los Chiflados .... p. 42
Historia de Marie Petitcuénot, ilustrada por Quentin Gréban

El hada perezosa .... p. 44
Historia de Éléonore Cannone, ilustrada por Marie Morey

El concurso de las batitas .... p. 46
Historia de Marie Petitcuénot, ilustrada por Nejma Bourouaha

Pícolo y la ronda de las hadas .... p. 48
Historia de Anne Gravier, ilustrada por Gretchen von S.

¡Real como la vida misma! .... p. 50
Historia de Sophie de Mullenheim, ilustrada por Lucile Lux

El regalo de Noemí .... p. 52
Historia de Nathalie Somers, ilustrada por Claire Le Grand

El pequeño bandido y el pintor .... p. 55
Historia de Emmanuelle Lepetit, ilustrada por Amandine Wanert

El mariachi de mil destellos .... p. 57
Historia de Sophie de Mullenheim, ilustrada por Lucile Lux

La Navidad de la bruja .... p. 60
Historia de Mireille Valant, ilustrada por Marie Morey

El entrenamiento antibrujas .... p. 63
Historia de Éléonore Cannone, ilustrada por Bing Liu

¡Ñañañá!

¡Demontres!

Mensajes en el cielo .... p. 79
Historia de Sophie de Mullenheim, ilustrada por Marie Morey

El aliento de Dragea .... p. 83
Historia de Éléonore Cannone, ilustrada por Claire Le Grand

La hazaña del zapatero .... p. 86
Historia de Sophie de Mullenheim, ilustrada por Marie Morey

El tren fantasma .... p. 88
Historia de Emmanuelle Lepetit, ilustrada por Pascal Vilcollet

El bosque del revés .... p. 92
Historia de Anne Gravier, ilustrada por Delphine Vaufrey

Recetas de duende .... p. 94
Historia de Éléonore Cannone, ilustrada por Vanessa Gautier

La panadera de los cabellos violeta ...... p. 66
Historia de Charlotte Grossetête, ilustrada por Delphine Vaufrey

La rana en gelatina .... p. 70
Historia de Florence Vandermarlière,
ilustrada por Delphine Vaufrey

Las pesadillas de Cornelia .... p. 72
Historia de Mireille Valant, ilustrada por Stéphanie Ronzon

Dos indios en el fin del mundo .... p. 74
Historia de Charlotte Grossetête, ilustrada por Sébastien Chebret

Claro de Luna y el viejo Joe .... p. 76
Historia de Florence Vandermarlière, ilustrada por Bruno Robert

Brumas y embrollos .... p. 97
Historia de Nathalie Somers, ilustrada por Pascal Vilcollet

El edredón, el dragón y compañía ...... p. 100
Historia de Marie Petitcuénot, ilustrada por Quentin Gréban

Una alergia de ogro .... p. 102
Historia de Éléonore Cannone, ilustrada por Pascal Vilcollet

Monstruos contra fantasmas .... p. 104
Historia de Emmanuelle Lepetit, ilustrada por Vanessa Gautier

Arsenio y el fantasma congelado .... p. 106
Historia de Marie Petitcuénot, ilustrada por Mélanie Florian

**El bandido que se convirtió
en flor de cactus** .... p. 109
Historia de Charlotte Grossetête, ilustrada por Pascal Vilcollet

El bandido torpe .... p. 112
Historia de Élisabeth Gausseron, ilustrada por Christian Maucler

Bill el Terrible contra Joe el Peor .... p. 114
Historia de Juliette Saumande, ilustrada por Delphine Vaufrey

Las desgracias de Conor O'Conor .... p. 116
Historia de Juliette Saumande, ilustrada por Stéphanie Ronzon

El pirata fantasma .... p. 118
Historia de Éléonore Cannone, ilustrada por Quentin Gréban

El buscador de tesoros .... p. 120
Historia de Élisabeth Gausseron, ilustrada por Bing Liu

Pablo, el hijo del pirata .... p. 122
Historia de Nathalie Somers, ilustrada por Sébastien Chebret

Fuegos artificiales para un cumpleaños p. 125
Historia de Charlotte Grossetête, ilustrada por Pascal Vilcollet

El pirata y el Vendedor de Arena ....p. 128
Historia de Emmanuelle Lepetit, ilustrada por Stéphanie Ronzon

El pequeño pirata esquimal ....p. 131
Historia de Sophie de Mullenheim, ilustrada por Delphine Vaufrey

¡Al abordaje! ....p. 133
Historia de Katherine Quenot, ilustrada por Stéphanie Ronzon

El rey del gallinero .... p. 135
Historia de Mireille Valant, ilustrada por Vanessa Gautier

Las tortillas viajeras .... p. 138
Historia de Sophie de Mullenheim, ilustrada por Sébastien Chebret

El pastel de los cuatro amigos ....p. 141
Historia de Florence Vandermarlière, ilustrada por Bruno Robert

La estrella de la sabana ....p. 143
Historia de Élisabeth Gausseron, ilustrada por Vanessa Gautier

Noche de pánico .... p. 146
Historia de Florence Vandermarlière,
ilustrada por Sébastien Chebret

Tras el rastro de Gurik .... p. 148
Historia de Élisabeth Gausseron, ilustrada por Vanessa Gautier

Otto, el pequeño ornitorrinco .... p. 151
Historia de Emmanuelle Lepetit, ilustrada por Marie Morey

Un supermurciélago .... p. 154
Historia de Éléonore Cannone, ilustrada por Bruno Robert

A la luz de la luna .... p. 157
Historia de Katherine Quenot, ilustrada por Vanessa Gautier

¡Sálvese el cangrejo que pueda! .... p. 160
Historia de Béatrice Egémar, ilustrada por Dorothée Jost

*Historia de Florence Vandermarlière,
ilustrada por Mélanie Florian*

Historia de Séverine Onfroy, ilustrada por Quentin Gréban

La rebelión del bolígrafo .... p. 173
Historia de Nathalie Somers, ilustrada por Bruno Robert

¡Menuda maestra! ....p. 176
Historia de Emmanuelle Lepetit, ilustrada por Bruno Robert

Bajo los cascos del caballo .... p. 178
Historia de Charlotte Grossetête, ilustrada por Marie Morey

Historia de Charlotte Grossetête, ilustrada por Gretchen von S.

Historia de Nathalie Somers, ilustrada por Stéphanie Ronzon

El castigo fantasmal .... p. 184
Historia de Eléonore Cannone, ilustrada por Delphine Vaufrey